서문문고
116

춘 향 전

이 민 수 옮김

해 제

이 민 수

春香傳은 불행히도 그 작자 및 연대를 알 수가 없다. 그러나 이것이 한국 고대소설의 백미임에는 아무도 이의가 없다.

이 춘향전은 여러 가지가 있다.

1. 목판본으로 翰南書林刊을 비롯한 4종
2. 필사본으로 水山 廣寒樓記를 비롯한 17종.
3. 활판본으로 李海朝의 獄中花를 비롯한 24종.
4. 외역본으로 白話本 許世旭譯을 비롯한 13종.

이것이 지금까지 학계에 나타나 있는 춘향전들이다. 물론 이밖에도 또 여러 종류의 춘향전이 있을 것으로 믿는다.

그러나 이 수다한 춘향전의 줄거리는 모두가 대동소이하다.

〈전라도 남원에서 이부사의 아들 夢龍이 房子를 데리고 광한루에서 시를 읊고 있었다. 그때 마침, 퇴기 月梅의 딸 春香은 광한루 밑 시냇가에서 香丹을 데리고 그네를 뛰고 있었다. 멀리서 이 광경을 본 이도령은 방자를 시켜 춘향을 불러보고 그 자대에 반해서 그날 밤으로 춘향을 찾아 가약을 맺는다. 그들은 이내 깊은 사랑에 빠졌으나, 이부사는 갑자기 서울로 영전하게 된다. 이도령과 춘향은 이별하지 않을 수 없게 되었다.

이부사가 서울로 올라간 뒤에 신임으로 온 卞府使는 춘향의 미모를 듣고 수청을 들라고 명령한다. 그러나, 춘향은 이를 거절하다가 옥에 갇혀 고초를 겪는다. 거의 죽게 됐을 때 이도령이 장원급제해서 암행어사가 되어 남원에 출두하여 춘향을 구해 낸다는 이야기이다.〉

춘향전에 나타난 문학성은 해학과 풍자에 있다고 보아야 할 것이다. 조선시대의 망종이 울리기 시작한 말엽의 부패상을 우리에게 보여주는 동시에 苛斂誅求의 극성으로 몰락되는 관료봉건제도에 대한 반항이 賤女成春香의 수절을 빌려 갈채를 받게 되는 것이 이 춘향전이다. 또한 춘향의 변사또에 대한 반항은 일종의 동양적 정조관념을 나타낸 것이기도 하다. 이러한 춘향전 중에서 여기에서는 ≪完板本 烈女春香守節歌≫를 번역했다.

이 책의 원문은 "슉종디왕 직위 초의 셩덕이 너부시사……"로 되어 있다. 이런 난해한 글을 우리 문장으로 옮긴 것이다. 이것을 다시 독자의 편의를 위하여 52회로 나눈 것은 淵民 李家源 박사 주석본을 참고로 했다.

삼가 여러분의 질정을 빈다.

1974년 입춘절 因樹山莊에서 옮긴이 씀

춘향전

1

이조 제19대 왕, 숙종이 즉위한 초년의 일이다.

당시 왕의 성덕이 넓어, 성자와 성손이 대를 이어 일어났다. 제왕에게서 전해지는 보배와 4시의 조화가 이루어지고, 또 우순풍조해서 마치 요순시절과 같고, 예절과 풍류, 그리고 의관 문물은 우왕, 탕왕 시절에 다음가는 가절이었다.

왕의 측근에서 보필하는 신하들은 모두 나라의 중임을 자기 몸에 진 주석(柱石)의 신하들뿐이었다.

임금을 시종하는 용양위(龍驤衛)나 호분위(虎賁衛)들은 모두 나라를 지키는 중임을 맡은 장수들이었다.

이뿐만이 아니었다. 조정의 흐르는 덕화는 멀리 미쳐 나갔다. 온 천하의 굳은 기운이 어디에나 어려 있었다.

충신들은 조정에 가득차 있다. 효자와 열녀들은 어느 가정에나 다 있다.

참으로 아름다운 일이었다.

비도 제때에 내리고, 바람도 시절을 맞추어서 분다. 풍년이 들어 백성들은 배를 두드리면서 격양가를 부른다.

참으로 전에 없던 좋은 시절이었다.

이때 전라도 남원부에 월매라는 기명을 가진 기생이 있었다.

그녀는 삼남 지방, 즉 충청·경상·전라도에서 가장 이름난 기생이었다.

그녀는 이미 나이가 들어 수청의 기적에서 물러난 몸이었다. 그녀는 성씨라는 어느 양반의 첩이 되어 여생을 보내고 있다.

그러나, 월매 나이 40이 가까웠는데도 자녀 간에 생산을 하지 못하였다. 걱정이 되어 날마다 탄식은 병이 될 지경이다.

어느날 월매는 곰곰이 궁리하였다. 불현듯이 옛사람의 일이 생각났다. 깊이 깨달은 바 있어 남편 성씨에게 공손히 청했다.

"소첩이 전생에 무슨 은혜를 끼쳤는지는 모르겠습니다만, 이렇게 이생의 부부가 되어 기생의 자리를 버리고, 이제 예절을 갖추어 계집으로서의 도리를 다하고 있지 않습니까. 하온데, 첩이 무슨 죄가 중하기에 슬하에 일점 혈육이 없사오니, 육친 중에 아무 친척도 없는 이런 신세가 되었습니다. 조상 산소의 제사는 누가 올릴 것이오며, 우리가 죽은 뒤의 초상은 누가 치를 것입니까. 그러하오니 이제라도 명산 대찰을 두루 찾아다니면서 불공이나 올려, 다행히 남녀 간에 생산이 있으면 평생의 큰 한을 풀까 하나이다. 가군께서는 어떻게 생각하십니까."

이 말을 들은 월매의 남편 성참판이 대꾸했다.

"우리의 일생 신세를 생각한다면 자네의 말이 당연하네. 하지만 기도를 올려 자식을 낳기로 한다면, 세상에 자식 없는 사람이 없을 것이 아닌가?"

그러나 월매는 다시 말한다.

"가군의 말씀이 옳지 않습니다. 천하에서 제일가는 대성이신 공부자도 이구산[1]에 빌어서 낳지 않았습니까. 또 정나라 자산[2]도 우성산에 빌어서 낳았습니다. 우리나라로 말씀해도 이름난 산이나 큰 내가 어찌 없겠습니까. 경상도 웅천[3]에도 고사가 있사옵니다. 주천의가 늙어서까지 자식을 낳지 못하여, 그곳에 있는 산 최고봉에 기도를 올렸더니, 명나라 천자가 나서 명나라 천지를 밝게 한 일도 있었습니다. 하오니, 우리도 치성

---

1) 尼丘山→尼丘山이라고도 하고 尼丘라고도 한다. 중국 山東省 曲阜縣 동남쪽 泗水와 鄒의 두 현의 경계에 있다. 공자를 이 산에 빌어서 났기 때문에 그 이름을 丘라 하고, 자를 仲尼라 했다. 史記 孔子世家에서 보면, 「叔梁紇 與顧氏禱抡尼丘 得孔子 故名丘 字仲尼」라 했다. 또, 孔子家語에는 「私禱尼丘之山以祈焉 生孔子 故名丘 字仲尼」라 했다.

2) 鄭子產→춘추시절 정나라 대부. 이름은 公孫僑. 字는 子產. 東里에 살았다 하여 東里子產이라고도 하고, 國僑라고도 불렀다. 40여 년 동안 國政을 잡았는데, 이웃 나라인 晋·楚도 그 때문에 鄭을 침략하지 못했다. 孔子는 그를 칭찬하여 「옛날의 遺愛」라고도 했다. 우성산에 빌어서 났다는 사실은 상고할 길이 없고, 또 우성산에 대해서도 알 수가 없다.

3) 熊川→慶尙道 縣名. 지금의 昌原郡 熊川面. 「주천의」가 늙게까지 자식이 없어 여기에 빌었다는 사실에 대해서는 자세한 것을 알 수가 없다.

이나 한번 드려 보도록 하사이다. 옛말에도 「공든 탑이 무너지며, 가꾼 나무 꺾이겠느냐」고 했사옵니다."

2

성참판은 이 말을 옳게 여겼다. 이날로 월매와 함께 목욕을 깨끗이 하고, 이름난 산이나 경치 좋은 곳을 찾아 기도를 드리려고 집을 나섰다.

오작교를 나서서 좌우의 산천을 둘러본다.

서북쪽으로 보이는 교룡산은 서북편을 막고 우뚝 서 있다. 동쪽으로는 장림 숲의 깊은 곳에 선원사가 가물가물 보인다.

남쪽으로는 지리산이 웅장하게 서 있다. 그 산에서 흘러내린 요천은 기다란 장강이 되어 푸른 물결이 동남쪽으로 둘러 있다. 옛말에 별유건곤이라고 한 것은 이런 곳을 가리켜 한 말일 것이다. 경치가 매우 아름답다.

다시 청림을 움켜잡으면서 산수를 찾아 들어간다. 이곳이 바로 지리산이다.

반야봉에 올라섰다. 여기에서 사방을 둘러본다. 명산대천들이 눈앞에 뚜렷이 보인다.

그들은 그 산 상봉에 올라가 단을 모았다. 정성껏 제물을 차려 단 위에 진설했다. 그리고 둘은 단 아래에 엎드려 간곡히 빌었다.

이때가 바로 5월 5일 갑자.

이날밤 월매는 꿈을 꾸었다.

상서로운 기운이 하늘에 서리고, 오색빛 채색이 영롱하다. 선녀 하나가 청학을 타고 여기에 나타난다.

선녀는 머리에 화관을 쓰고, 몸에는 채색 옷을 입었다. 움직일 때마다 월패 소리가 쟁쟁히 난다. 손에는 계수나무 꽃 한 가지를 들었다.

선녀는 당(堂)으로 올라오면서 두 손을 앞으로 들어 기리 읍한다. 그리고 나서 공손히 말한다.

"소녀는 원래 낙수가에 있는 수신(水神) 복비였습니다. 선도(仙桃)를 진상하려고 옥경에 갔다가 광한전에서 적송자[1]라는 신선을 만나 이야기하고, 정회를 풀어 볼까 하다가 그만 돌아갈 시간을 어겼습니다. 상제께서는 크게 노하여 받아들이지 않고, 소녀를 인간 세계로 내치셨습니다. 이로부터 어디로 갈지 방향을 모르고 있는 참인데, 이제 두류산에 계신 신령께서 부인댁으로 가라고 지시해 주시는 것이었습니다. 그래서 부인에게로 온 것이오니 어여쁘게 여기시어 받아들여 주시옵소서."

말을 마치고 선녀는 월매의 품으로 달려든다.

---

1) 赤松子→옛날 중국에 있었다는 신신. 史記留侯世家에 「願棄人間事 從赤松子遊耳」라고 했다.

이때 학의 울음 소리가 들려온다. 학이 잘 우는 것은 목이 긴 탓이라던가. 학의 울음 소리는 길기도 하다.

월매는 놀라 깨었다. 그것은 남가일몽(南柯一夢)이었다.

정신이 몹시 황홀하다. 이런 황홀한 정신을 진정하여 남편 성참판에게 꿈 이야기를 하면서 마음속으로 은근히 아들이 태어나 주기를 기다렸다.

과연 그 꿈은 태몽이었다. 그 달부터 태기가 있어 열 달이 되었다.

어느날 향기가 방에 가득하고, 오색구름이 영롱하게 집을 두른다. 월매는 몸이 괴롭고 정신이 가물가물해진다. 혼미한 중에 옥같은 계집애를 낳았다. 월매가 날이면 날, 달이면 달마다 바라던 아들은 아니었지만, 그래도 마음이 적지않게 풀렸다. 그 애지중지함이야 어찌 다 말하랴.

딸의 이름은 춘향이라고 지었다. 이들 내외는 딸 춘향을 마치 손바닥 위의 구슬처럼 귀하게 길러낸다.

춘향은 효행이 남보다 뛰어나고 어질고 자상하며, 기린같이 곱고 예쁘다.

7,8세가 되자 벌써 글공부에 맛을 들여 예모와 정절에 힘쓴다. 그의 효행은 한 고을에서 칭송하지 않는 자가 없었다.

이때 서울 삼청동에 이한림(李翰林)이라는 양반이

살고 있었다.

그는 대대로 이름있는 집이요, 더구나 충신의 자손이다.

어느날 임금은 민간의 충효록(忠孝錄)을 올리라고 해서 이를 훑어 보았다.

여기에서 충신과 효자를 뽑아내서 수령 직책을 임명하려는 것이다. 임금은 이한림을 뽑았다. 과천현감으로 있는 이한림을 금산군수로 옮긴 다음, 다시 이를 남원부사를 제수하셨다.

이한림은 사은숙배하여 임금을 하직하고 치행(治行)을 차려 남원부에 부임했다.

부임하는 즉시로 그는 백성들을 어질게 다스렸다. 고을 안에는 아무 일도 없는 것 같다. 백성들은 그가 늦게 온 것을 오히려 원망할 지경이다. 요순시절같이 태평한 거리거리에서는 백성들의 칭송하는 동요가 들려온다.

바람과 비도 제때를 알아, 고을 안에 풍년이 든다. 백성들은 저마다 부모에게 효도한다. 이것은 바로 요순의 시절이었다.

이때는 놀기 좋은 삼춘(三春). 강남에서 제비들은 날아와 서로 지저귀고 희롱하면서 쌍쌍이 날며 춘정을 즐긴다. 남산에는 꽃이 피어 온 고을이 붉게 물들고, 늘어진 버들가지 천만 가닥 실을 드리운 듯, 황금 꾀꼬리가 짝을 부른다.

나무 숲속에선 두견새와 접동새도 즐겁게 우는 1년 중에 가장 아름다운 시절이었다.

3

부사의 아들 이도령은 나이 16세다. 두목지같이 훌륭한 풍채를 가진데다가 도량은 바다처럼 넓고 지혜도 또한 활달하다.

문장은 이태백에라도 비할 만하고, 필법은 왕희지와도 같다.

어느날 이도령은 방자[1]를 불렀다

"이 고을에 경치 좋은 곳이 어디어디 있느냐. 시흥과 춘흥이 모두 도도하게 일어나는구나. 제일 좋은 경치를 말해 보아라."

"아니, 글공부하시는 도련님이 경치 좋은 곳은 찾아 무엇하시렵니까?"

"너는 무식한 말도 하는구나. 옛날부터 문장을 즐기는 사람이나 재주있는 선비들이 경치 좋은 강산을 구경하는 것이 풍월짓고 글짓는 근본이 된다. 신선까지도 명승지를 두루 돌면서 널리 보는 것이다. 그런데 내가

---

1) 房子→시골 관청의 남자 종.

경치를 구경하자는 것이 무엇이 잘못이냐. 한나라 때 문장가 사마상여(司馬相如)는 남쪽으로 강회(江淮)에 놀면서 배를 타고 큰 강을 거슬러 올라갈 때 미친 물결에 음산한 바람이 노호하는 것을 즐겼다. 천지 사이에 만물이 변화하는 것을 보고 놀랍게도 여기고 즐겁고 곱게도 여겨, 이것을 모두 글로 표현했던 것이다. 시중의 천자라고 하는 이태백은 채석강에서 놀았고, 적벽강 가을 달밝은 밤에는 소동파가 놀았다. 심양강 달밝은 밤에는 백낙천이 놀았고, 우리나라에서도 보은 속리산의 문장대에는 세조대왕이 노신 일이 있다. 이러한데, 내 어찌 놀지 않을 수 있겠는가."

방자는 이도령의 말을 더 거역할 수가 없었다. 사방에 있는 경치 좋은 곳을 하나씩 들어 설명한다.

"서울로 말하면, 자하문 밖을 나서면 칠성암·청련암·세검정이 있습니다. 평양으로 가면, 연광정·대동루·모란봉이 있고, 양양에는 낙산대, 보은에는 속리산의 문장대, 안의에는 수송대, 진주에는 촉석루, 밀양에는 영남루가 있습니다. 마음에 드시겠습니까. 또 전라도로 말하면, 태인의 파행정, 무주의 한풍루, 전주의 한벽루가 좋습니다. 그리고 남원의 경치를 말씀할 테니 들어 보시오. 동문 밖으로 나가면 장림 숲 선원사가 좋습니다. 서문 밖을 나가면, 관왕묘는 천고의 영웅인 관운장의 엄숙하고 위엄있는 풍모가 어제 오늘에 살아 있는 사람과 같습니다. 남문 밖을 나서면, 광한루·오작교·영주각이 좋습니다. 다시 북문 밖을 나서면, 옛날 이태백이 지은 「청천삭출금부용(青天削出金芙蓉)」과도 같이 기이한 바위로 우뚝 솟아 있는 교룡산성도 좋습니다. 이 중에서 처분대로 골라서 구경가시지요."

"네 말을 들으니 역시 광한루, 오작교의 경치가 좋을 듯싶구나. 그리로 가기로 하자."

이도령은 즉시 사또[2] 앞에 나가서 공손히 여쭙는다.

"오늘은 날씨도 화창하고 따뜻하오니 잠시 나가서 풍월을 지을 운목이나 생각해 보고자 합니다."

사또는 이 말을 듣고 몹시 마음에 흐뭇해한다.

"좋은 생각이다. 너는 이 고을 풍물을 구경하면서 글제(題)를 생각하도록 해라."

"말씀대로 거행하겠습니다."

이도령은 사또 앞을 물러나와 급히 방자를 부른다.

"방자야! 어서 나귀에 안장지어라."

4

방자는 이도령의 분부를 듣고 나귀에 안장을 짓는다. 붉은 실, 자주 실로 만든 굴레, 산호로 만든 채찍,

---

2) 使道→下官이 上官을 높여서 일컫는 말. 여기에서는 남원 부사를 가리킴.

옥으로 꾸민 안장, 비단으로 지은 언치, 황금빛 실로 얽은 자갈, 거기에다 또 청홍색 실로 꾸민 굴레, 그리고 주락상모(朱絡象毛)를 거기에 덤썩 달았다.

층층으로 된 말다래, 은으로 만든 등자에 호피로 도듬을 만들었다. 나귀 목에 단 방울은 염불하는 중의 염주와도 같다.

이렇게 부산하게 꾸며 놓고 방자는 이도령께 말한다.

"나귀 등대했습니다."

이번에는 도련님의 치장이 볼 만하다. 옥같이 고운 얼굴에 신선 같은 풍채. 이제 막 전 반 같은 채머리를 곱게 빗고 밀기름을 살짝 바른다. 여기에 궁초(宮綃) 비단으로 만든 댕기 석황을 살짝 물려 맵시를 내어 땋는다.

성천에서 나는 수아주 비단·접동베, 세백저로 만든 상침 바지를 입는다. 거기에 극상세목(極上細木)으로 지은 겹버선에 남색 갑사 대님을 친다.

육사단(六紗緞) 겹배자에다가 밀화단추를 달아 입는다. 통행전을 무릎 아래에 느슨하게 맨다.

영초단(影綃緞) 허리띠를 띠고, 모초단(毛綃緞) 둥근 주머니를, 당팔사 갖은 매듭으로 고를 내서 넌지시 맨다.

쌍문초 긴 동정을 단 중치막에 도포를 받쳐 입고, 흑사띠를 가슴 위에 눌러맨다.

육푼당혜를 끌면서 이도령은 방자에게 이른다.

"방자야! 나귀를 붙들어라."

방자가 나귀를 붙들자, 이도령은 등자를 디디고 선뜻 올라 타고서 동헌을 나선다. 뒤에는 통인[1] 하나가 따른다.

삼문[2] 밖을 나설 때, 금물 올린 부채를 펴서 햇빛을 가린다.

성 남쪽으로 뚫린 관도는 넓기도 하다. 나귀는 생기 있게 이 길을 달린다.

그의 풍채는 마치 술이 취해 가지고, 양주를 지나던 두목지와도 같다. 풍류를 알고 돌아보던 주유와도 같다.

봄날의 거리는 화려하기도 하고, 여기에 가득한 구경꾼들이 뉘 아니 부러워하리.

광한루에 올라서서 사방을 살펴본다. 눈에 보이는 경치는 아름답기만 하다. 적성원의 아침은 늦은 안개에 잠겨 있다. 푸른 나무에 어린 늦은 봄은 꽃과 버들가지에 동풍이 불어 희롱한다.

단장한 누각은 화려하게 비치고, 벽방(璧房)과 금전(錦殿)이 영롱도 하여 드높은 대(臺)에 오른 듯하다.

---

1) 通引→지방 관청에 소속되어 있는 종.
2) 三門→대궐이나 관청에 있는 여러 문. 正門·東來門·西來門을 말한다.

곱게 꾸민 누각은 어이 이렇게 높은가. 광한루의 경치가 바로 이것이다.

악양루 고소대와 오초의 동남쪽에 있는 물이 동정호로 흘러 들어가는 모습이다. 연자루 서북쪽에는 팽택이 뚜렷하다.

다시 한 곳을 바라다보니 흰 빛, 붉은 빛이 아롱거리는 속에 앵무새, 공작새가 날아든다.

산천의 경치를 둘러보니, 멋지게 굽은 반송과 떡갈나무 잎은 봄바람을 못이기는 듯 나부낀다. 폭포가 흘러내리는 시냇가에는 꽃이 피어 방긋이 웃는다.

다시 낙락장송은 무성하고, 녹음과 방초는 우거져 꽃보다 더 경치가 좋은 때다.

계수나무 · 자단나무 · 모란 · 벽도의 취한 듯한 산 빛은 요천의 강물 속에 비쳐 있다.

또 저편 한 곳을 바라본다.

웬 아름다운 여인 하나가 마치 우짖는 봄 새처럼 춘정을 못이겨서 진달래꽃도 한 주먹 꺾어서 머리 위에 꽂아보고, 함박꽃도 한송이 꺾어 입으로 씹어본다.

나삼을 조금 걷어올리고, 손을 내어 맑은 물에 손도 씻고 발도 씻는다. 물을 한움큼 마셔 양치질도 한다. 조약돌을 한 주먹 덤썩 쥐어서 저 버들가지에 앉아 지저귀는 꾀꼬리를 희롱도 해 본다. 이것은 옛 시의 타기황앵이 아니랴.

버들잎을 주룩 훑어서 물 위에 훨훨 띄워도 본다. 마치 흰 눈과도 같은 흰 나비들은 꽃수염을 물고 너울너울 춤을 춘다. 황금처럼 누른 꾀꼬리는 나무와 나무 사이를 날아든다.

5

광한루의 아름다운 경치도 좋지만, 이보다는 오작교가 더욱 좋다. 이곳이야말로 바로 호남에서 제일가는 곳이다.

이 다리 이름이 오작교가 분명하다면 견우와 직녀는 어디에 있단 말인가.

또, 이같은 경치 좋은 곳에 어찌 풍월[1]이 없단 말이냐.

여기에서 이도령은 글 두 구를 지었다.

오작교의 신선 돌아다보고
광한루는 하늘 위의 높은 다락일세.
묻노라, 하늘 위의 직녀는 그 누구인가.
아마도 오늘날에 견우는 바로 나이리.

---

1) 風月→詩文. 歐陽脩의 贈王公甫詩에 「翰林風月三千首 吏部文章二百年」이라 했다.

顧眄烏鵲仙廣寒玉界樓

借問天上誰織女 知應今日我牽牛

이때 내아에서 술상 하나가 나온다. 이도령은 술을 한 잔 마시고 나서 상을 물려 주면서 통인과 방자더러 먹으라 한다.

이도령은 취흥이 도도해진다. 담배 한 대를 피워 물고 이리저리 거닌다. 흥에 못이겨 보는 경치는 충청도 곰산의 수영이나, 충주 보련사도 이곳만은 못할 것 같다.

붉고, 푸르고, 희고, 빨간 빛들이 오락가락 눈가에 아롱거린다. 버들가지에 누른 꾀꼬리가 벗을 부르는 소리는 도련님의 봄 흥취를 돋워준다.

누른 벌, 흰 나비는 향기나는 꽃을 찾아서 난다. 날아가고 날아오는 곳은 봄의 성안 풍경이다. 삼신산인 영주・방장・봉래산이 눈앞에 가깝게 보이는 듯하다.

흐르는 물을 보니 은하수와 같고, 모든 경치는 잠시 동안 옥경(玉京)[2]에 온 듯싶다.

여기가 옥경이 분명하다면 달나라에 사는 선녀 항아가 어찌 없단 말이냐.

때는 비록 3월이라고 했지만, 사실은 5월 단오절이

---

2) 玉京→天帝가 있는 곳.

었다. 단오절은 천중절이라고도 하여 좋은 절기이다.

한편 월매의 딸 춘향도 역시 시서(詩書)와 음률(音律)에 능통하다. 어찌 천중절을 모를 이치가 있으랴.

이날 춘향은 그네를 뛰려고 시녀 향단을 앞세우고 내려오고 있다.

난초같이 고운 머리를 두 귀를 눌러 곱게 땋아서 거기에 금으로 봉황을 새겨 만든 금봉채를 반듯하게 꽂았다.

비단치마를 곱게 두른 허리는 마치 미앙궁(未央宮)[3]에 늘어진 가는 버들가지가 가볍게 드리운 것과도 같다.

그 아름답고 고운 태도로 아장거리고 흔들면서 가만가만 내려서더니 숲 사이로 들어간다.

녹음과 방초는 우거졌고, 밑에는 금잔디가 깔려 있다. 황금 같은 꾀꼬리는 쌍으로 날아가고 쌍으로 날아온다.

늘어진 버드나무는 백 척이나 되게 높은데 거기에 그네를 매고 뛰려는 것이다. 수아주 무늬있는 비단으로 만든 초록색 장옷과 남방사주로 만든 홑단치마를 훨훨 벗어 나뭇가지에 건다.

자줏빛 영초에 수를 놓아 꾸민 당혜도 벗어서 던져

---

3) 未央宮→중국 漢나라 때의 宮. 白居易의 長恨歌에 「歸來池苑皆依腐 太液芙蓉未央抑」이라 했다.

둔다. 백방사주로 만든 진솔 속곳을 턱 밑까지 바싹 치켜 올린다.

그리고는 연숙마로 들인 그네줄을 부드럽고 흰 손으로 양쪽으로 갈라 쥔다. 백릉으로 지은 버선발로 사뿐히 올라 서서 발을 구른다. 세류처럼 고운 몸이 단정하게 흔들리기 시작하다.

뒤로 보는 단장은 옥비녀와 은으로 만든 죽절이요, 앞으로 보면 밀화로 만든 장도와 은장도가 빛난다.

광월사 겹저고리에 제 색으로 단 고름도 한결 태가 나 보인다.

춘향은 향단을 돌아본다.

"향단아! 뒤에서 밀어라."

향단이 밀기 시작하자, 한 번 발을 굴러 힘을 주고, 다시 두 번 굴러서 힘을 준다. 발 밑에 있는 가는 티끌이 바람을 쫓아서 펄펄 난다.

앞과 뒤가 점점 멀어졌다 가까워졌다 하며 머리 위에 닿는 나뭇잎은 몸을 따라 흔들거리면서 오고 간다.

녹음 속에 붉은 치마가 바람결에 나부끼니 마치 구만리 먼 하늘의 구름 속에서 번갯불이 이는 듯하다.

앞에 있는가 싶더니 갑자기 뒤에 있다. 빠르게 나부끼는 양은 마치 몸 가벼운 제비가 물 위에 떨어지는 한 송이 복사꽃을 발로 차면서 쫓는 듯하다.

뒤로 번쩍하는 양은 마치 모진 바람에 놀란 나비가

짝을 잃고 날아가다가 다시 돌아오는 듯싶다.

무산4)에 있는 선녀가 구름을 타고 양대 위에 내려오는 듯, 나뭇잎을 입으로 물어보기도 하고, 꽃가지도 꺾어 머리에 꽂아도 본다.

그네를 한참 뛰고 나더니 춘향은 향단을 불렀다.

"향단아! 그네 바람이 몹시 모질구나. 정신이 아찔하다. 이 그네줄 붙들어라."

향단은 그네줄을 잡으려고 여러번 왔다갔다 하는데 시냇가 반석 위에 옥비녀가 떨어져 쨍그렁 소리를 낸다.

춘향은,

"비녀, 비녀."

하고 소리를 치는데, 그 소리는 마치 산호로 만든 머리꽂이를 가지고 옥소반을 깨치는 소리와도 같이 곱다.

그 태도, 그 모습은 아무래도 이 세상 사람 같지 않았다.

6

춘향이 그네 뛰는 모습은 봄 제비가 날아갔다 날아오는 것과 같다.

---

4) 巫山→巫山은 泗川 巫山縣에 있음. 巫山에 있는 仙女가 楚의 懷王·襄王을 陽臺에서 만났다는 故事가 있다.

이도령의 마음은 울적해지고 정신이 아찔한다. 별의별 생각이 다 난다.

그는 혼잣말로 헛소리처럼 중얼거린다.

"오호에 조각배를 타고 범려(范蠡)를 좇아간 서시(西施)[1]가 여기에 올 리도 없다. 해하의 성 밑 달밤에 장군의 장막 안에서 슬픈 노래를 불러 초패왕을 이별하던 우미인(虞美人)[2]도 여기에 올 리가 없다. 한나라 단봉궐을 하직하고 흉노의 땅 백룡퇴로 간 뒤에 홀로 푸른 무덤만 남았으니, 왕소군(王昭君)[3]도 여기에 올 리가 없다. 장신궁을 깊이 닫고 백두음만을 읊었으니 반첩여(班婕妤)[4]도 올 까닭이 없다. 소양궁 아침 날에 황후를 모셨으니 조비연(趙飛燕)[5]도 올 수가 없다. 그렇다면 저것은 낙수가의 선녀란 말인가, 무산의 선녀란 말인가."

---

1) 西施→春秋時代 越나라에 있던 미녀. 그는 越의 承相 范蠡와 배를 타고 五湖에서 놀고 돌아오지 않았다고 한다
2) 虞美人→楚覇王 項籍의 愛姬. 項籍이 漢軍에게 패하여 垓下의 帳中에서 우미인과 슬픈 노래를 부르고, 작별했다.
3) 王昭君→漢의 궁녀 王嬙. 그는 漢나라 궁궐을 하직하고 흉노에게 강제로 시집가서 돌아오지 못하게 되자, 독약을 먹고 죽었다. 胡地는 沙漠인데 그의 무덤에만 풀이 푸르렀으므로 그 무덤을 青塚이라고 했다.
4) 班婕妤→漢 元帝의 后妃. 趙飛燕의 참언을 입어 쫓겨났다.
5) 趙飛燕→漢 成帝의 宮人. 歌舞에 능했다. 成帝가 이를 보고 반해서 불러들여 사랑하여 昭陽宮에서 황후를 모시게 했다는 故事가 있다.

이도령은 춘향의 모습을 바라보다가 정신을 잃어버린 듯, 일신이 고단하다. 그는 진정 총각으로서 미인 구경을 처음하는 탓일 것이다.

무심코 통인을 부른다.

"통인아!"

"예에!"

"저 건너 버드나무 숲속에 오락가락하면서 희뜩희뜩 보이는 것이 대체 무엇인지 자세히 좀 보아라."

통인은 한참 살펴보고 나서 대답한다.

"그것은 다른 것이 아니옵고, 이 고을에 사는 기생 월매의 딸 춘향이란 계집애입니다."

이도령은 엉겹결에 말한다.

"거 참 아름답구나. 훌륭하다."

통인은 다시 아뢴다.

"제 어미는 비록 기생이지만 춘향이는 도도합니다. 기생 노릇을 마다하고 글공부도 하고 여공에도 재주가 있습니다. 여기에 문장까지 겸하고 보니 확실히 다른 규중의 처녀와 조금도 다를 것이 없는 터입니다."

그러자 이도령은 호탕하게 한 번 웃고 나서 방자를 불러 분부한다.

"들으니 저 계집이 기생의 딸이로구나. 빨리 가서 불러오너라."

방자는 정중하게 아뢴다.

"저 계집의 눈같은 살결과 꽃같은 용모는 이 남방에서 소문이 파다합니다. 그래서 이 고을에 오는 관찰사나 첨사 또는 병사·군수·현감 같은 관장들이나 제아무리 엄지발가락이 두 뼘 가웃씩 되는 양반 출신의 오입쟁이들이 그녀를 보려고 무수히 애썼어도 소용이 없었습니다. 그녀는 장강[6] 같은 미색을 가졌고, 태임(太任)과 태사(太姒)[7] 같은 덕행이 있으며, 이태백과 두자미 같은 문장 명필을 겸했습니다. 또 그녀는 태사같이 화평하고 순종하는 마음을 가졌고, 순임금의 두 아내 아황·여영 같은 곧은 절개를 가졌습니다. 그러니 그녀야말로 지금 천하의 절색이요, 만고의 여중 군자라 할 만합니다. 황공한 말씀이오나 불러오기는 어렵습니다."

이도령은 기가 막힌 듯이 크게 웃는다.

"방자야! 너는 세상 물건이 저마다 임자가 있다는 말을 모르는구나. 형산에 있는 백옥이나 여수에서 나는 황금도 그 임자는 각각 있는 법이다. 잔말 말고 빨리 불러오너라."

---

6) 莊姜→春秋時代 衛莊公의 夫人. 아름다웠으나 자식이 없었다.

7) 太任·太姒→太任은 周 文王의 어머니. 太姒는 后. 모두 덕행이 있었다.

7

방자는 이도령의 분부를 듣고 부득이 춘향을 부르러 건너간다.

원래 맵시가 있는 방자는 마치 서왕모(西王母)[1]의 요지 잔치에 편지를 전하던 청조와도 같이 이리저리 돌아서 간다.

방자는 춘향의 그네 뛰는 곳까지 오자,

"이애! 춘향아!"

하고 소리를 크게 질렀다.

춘향은 깜짝 놀랐다.

"무슨 소리를 그렇게 지르느냐. 정신이 하나도 없구나."

"말 말아라. 춘향아! 큰일 났다."

"큰일이란 무슨 일이 났단 말이냐."

"사또의 아드님 도련님이 광한루까지 놀러 나오셨다가 네가 노는 모양을 보고 불러오라는 영이 내렸다."

그러나 춘향은 놀라는 대신 화를 버럭 낸다.

"네가 미친 놈이로구나. 도련님이 어떻게 나를 알아서 부른단 말이냐. 네가 마치 종달새가 삼씨 까먹듯이

---

1) 西王母→중국 古代의 선녀. 그가 거처하던 궁궐은 좌편으로 瑤池가 둘러 있고, 우편으로는 翠水가 흐른다. 여기에 나가서 西王母는 周 穆王과 잔치를 열었다. 그리고 이때 西王母의 곁에 세 마리의 靑鳥가 모시고 있었다 한다.

내 말을 했기에 그런 것이 아니냐."

"아니다. 내가 네 말을 할 이치가 있겠느냐. 네가 그르지 내가 그를 것은 하나도 없다. 네가 그르다는 이유를 들어보겠다. 계집애의 행실로서 그네를 뛰려면 제 집 후원이나 담 안에다가 줄을 매고 남이 보지 않게 뛰는 것이 옳은 것이다. 그런데 광한루가 멀지 않은 곳에서 그네를 뛴다는 것은 말이 안 된다. 또, 이곳의 풍경을 말하자면 때는 녹음과 방초가 꽃보다 더 아름다운 때이다. 방초는 푸르며 앞 시냇가의 버들은 초록 장막을 둘렀고, 뒷 시냇가의 버들도 푸른 장막을 두른 듯하여 한 가지는 늘어지고 다른 가지는 가로퍼져 바람을 맞아 한들한들 춤을 춘다. 이런 경치 속에서 광한루에서 보이는 곳에 그네를 매고 네가 뛸 때, 외씨와도 같은 두 발길이 구름 사이를 오락가락 한다. 붉은 치맛자락은 펄펄 날고 백방사주 속곳가래는 동남풍에 펄럭이면서 박속과도 같은 네 살결이 흰 구름 사이에 희뜩거리며 보이는구나. 이런 것을 도련님이 보시고 너를 불러오라시니 내가 무슨 말을 했단 말이냐. 잔말 말고 어서 건너가자."

그러나 춘향은 대답한다.

"네 말이 비록 당연하다고 하자. 하지만, 오늘은 마침 단오날이니 어찌 나만이 그네를 뛰겠느냐. 다른 집 처녀들도 모두 그네를 뛰었지만 그런 일은 없지 않느냐. 또 도련님이 아무리 내 말을 했다 하더라도 내가 기생의 몸도 아닌데 규중 처녀를 오너라 가너라 할 리는 없지 않느냐. 그리고 또 부른다고 해도 갈 수 없다. 당초에 필경 네가 말을 잘못 듣고 온 모양이다."

이쯤되니 방자는 별수없이 다시 광한루로 돌아왔다. 그리고 춘향이 하던 말을 사실대로 여쭈었다.

이도령은 도리어 춘향의 말을 가상히 여긴다.

"참 기특한 계집이로구나. 그 말이 옳다. 하지만, 이번에는 다시 가서 이리이리 말을 해 보아라."

8

방자는 이도령이 시키는 전갈을 낱낱이 듣고 난 뒤에 다시 춘향에게로 건너갔다.

그러나 그 사이에 춘향은 제 집으로 돌아가고 그곳에는 아무도 없다.

방자는 춘향의 집을 찾아갔다.

이때 춘향은 모녀 간에 마주앉아서 점심을 먹고 있다.

방자가 대문 안으로 들어서자 춘향이 먼저 입을 연다.

"너 왜 또 왔느냐."

"황송하구나. 도련님이 다시 전갈하는 말씀이 있어서 왔다. 도련님이 말씀하시기를, 내가 너를 기생으로 알아서 그러는 것이 아니다. 내 들으니 네가 글을 잘한다

더구나. 그래서 너를 청하는 것이다. 규중에 있는 처녀를 불러오라는 것은 남의 이목이 안 되기는 했지만 이것을 허물치 말고 잠깐 다녀가도록 하라 하시더라."

춘향은 본래 도량이 넓은 여자이다.

그래서 그런지, 아니면 연분이 있어서 그랬던지 춘향은 갑자기 방자를 따라 이도령을 찾아갈 생각이 났다.

하지만 그 어머니의 의중을 알 수가 없다. 춘향은 아무 대답도 하지 않고 잠시 묵묵히 앉아 있다.

이때 춘향의 어머니가 앞으로 나 앉으면서 말을 받아 대답한다.

"이상한 일이로구나. 꿈이라는 게 전혀 허사만은 아니로구나. 어젯밤에 내가 꿈을 꾸니 난데없는 청룡 하나가 벽도화가 핀 못으로 들어가더라. 꿈을 깨고 나서 지금까지도 우리 집에 무슨 좋은 일이 있을까 했더니만 이게 우연한 일이 아니로구나. 내가 듣기로는 사또의 아드님 도련님의 이름이 몽룡이라 하더구나. 그러니 꿈 몽(夢) 자, 용용(龍) 자 신통하게도 맞추었구나. 어쨌거나 양반이 부르시는데 가지 않을 수야 없지 않느냐. 잠깐 가서 다녀오도록 해라."

춘향은 그제서야 못이기는 체하고 일어나 광한루로 건너간다.

그 걸음은 마치 대명궁 대들보를 거니는 제비의 걸음과도 같고, 양지 쪽 마당가에 걸어다니는 씨암탉 걸음과도 같다. 또 흰 모래밭을 기는 금자라의 걸음과도 같다.

이런 걸음거리에 꽃같은 얼굴과 달같은 모양으로 천천히 걸어서 건너간다. 흔들흔들 걷는 걸음은 꼭 월나라 서시가 토성[1]에서 걸음거리를 배울 때 걷던 걸음과도 같다.

이때 이도령은 몸을 반쯤 광한루 난간에 의지하고 서서 똑똑히 바라본다

춘향은 벌써 광한루 가깝게 와 있다. 반가운 마음으로 이도령은 더욱 자세히 살펴본다.

춘향의 모습은 예쁘고도 아름다워 그 화용월태가 세상에 짝이 없을 것 같다.

얼굴이 조촐해서 맑은 강물 위에서 노는 학이 눈 위 빛에 비치는 것과도 같다.

붉은 입술과 흰 이가 반쯤 열려 보이니 별과도 같고 옥과도 같다.

연지를 품은 듯한 자하상(紫霞裳)을 입은 그 고운 태도는 어린 안개가 석양에 비치는 듯하다.

푸른 빛 치마가 영롱해서 그 무늬가 은하수가 출렁

1) 土城→吳越春秋에 보면 월왕이 苧蘿山에서 나무장수의 딸 서시를 얻어 비단옷을 입혀 가지고, 토성에서 걸음걸이를 가르쳐 오에 바쳤다고 했다. 서시는 당시에 보기 드문 미녀였다.

이는 것과도 같다.

연보(蓮步)를 옮겨서 천연스럽게 광한루에 올라서더니 부끄러움을 띠고 서 있다.

이도령은 통인을 부른다.

"애! 통인아! 거기 앉으라고 해라."

춘향은 몸가짐을 단정히 하고 앉는다. 그 모습을 살펴보니 마치 비 갠 맑은 물가 깨끗한 바위 위에 목욕을 하고 앉은 제비가 사람을 보고 놀라는 듯하다. 별다르게 단장을 한 것도 없는데도 천연한 국색이 분명하다.

춘향의 얼굴을 대해 보니 구름 속에서 내미는 밝은 달과도 같다. 붉은 입술을 반쯤 여니, 물 속에 핀 연꽃과도 같다.

신선을 만나본 일은 없지만 영주[2]에서 놀던 선녀가 남원 땅에 귀양와서 사는 것이 분명하다. 그렇다면 월궁[3]에 모여 놀던 선녀가 벗 하나를 잃은 셈이 되겠다.

그 얼굴 그 태도는 세상 사람은 아니다.

9

춘향은 맑은 눈을 잠깐 들어 이도령의 모습을 살펴본다.

---

2) 瀛洲→삼신산의 하나로 신선이 사는 곳.
3) 月宮→달나라.

이도령은 이 세상의 호걸이요, 참으로 기이한 남자다.

이마가 높으니 소년시절에 공명을 누릴 상이다.

오악[1]이 한 곳으로 뭉쳤으니 높은 벼슬에 충신이 될 상이다.

춘향은 마음 속으로 흠모하여 아미를 숙이고 무릎을 도사려 단정히 앉는다.

이도령이 먼저 입을 연다.

"성현의 말씀에도 같은 성끼리 혼인하지 않는다고 했다. 네 성은 무엇이고 나이는 몇이냐?"

"성은 성가이옵고, 나이는 열여섯입니다."

이도령은 그 말을 듣자 몹시 반가워한다.

"허 허. 그 말 참 반갑구나. 네 나이를 들으니 나와 동갑으로서 모두 이팔(二八)이로구나. 또 성을 들으니 나와는 천정 연분이 분명하구나. 이성지합(二姓之合-李成之合) 좋은 연분이니 평생 동안 같이 즐겨보자. 그러면 너의 부모는 살아 있느냐?"

"어머니만이 살아 계십니다."

"너는 몇 남매나 되느냐?"

"어머니께서 60이 되시도록 무남독녀 저 하나뿐입니다."

"그렇다면 너도 남의 집 귀한 딸이로구나. 하늘이 정

---

1) 五嶽→사람의 얼굴에 있는 양쪽 광대뼈·이마·턱·코를 말함.

해 준 연분으로 해서 우리 두 사람이 만났으니 만 년 동안 함께 즐겨보자꾸나."

그러나 이때 춘향은 두 눈썹을 찡긋거리며 입을 반쯤 열어 나지막한 목소리로 옥같은 목청을 굴려 이도령에게 말한다.

"충신은 두 임금을 섬기지 않는 법이오. 열녀는 두 남편을 받들지 않는다는 것은 옛 글에도 있는 터입니다. 하온데, 도련님께서는 귀한 집 공자이시고, 소녀는 천한 집 출신이온데 한번 몸을 허락한 뒤에 이내 버리신다면 어찌 하오리까. 일편단심 이 마음이 홀로 빈방을 지키고 누워서 우는 한많은 신세를 내가 아니면 누가 알겠습니까. 그런 분부는 아예 하지 마시옵소서."

이도령은 다시 말한다.

"네 말을 들어보니 어찌 기특하지 않으랴. 우리 둘은 인연을 맺되 아주 단단하게 금석같은 언약을 맺을 것이니 염려 말아라. 네 집이 어디냐."

"소녀의 집은 방자에게 물으시면 아실 것입니다."

이도령은 한 번 껄걸 웃는다.

"그렇구나. 내가 네게 물은 것이 허황스럽구나."

이도령은 다시 방자를 부른다.

"애! 방자야!"

"예!"

"춘향의 집이 어딘지 네가 말해 보라."

방자는 손을 들어 가리키면서 말한다.

"저기 저 건너에 동산에는 나무가 우거지고, 연못의 물은 맑고 거기에 물고기는 뛰놀고, 그 가운데 선계에서나 보는 기이한 꽃과 아름다운 풀들이 곱게 어우러져 있습니다. 거기에 나무마다 앉아서 우는 새들은 즐거움을 자랑합니다. 바위 위에 굽은 소나무에 맑은 바람이 저절로 일면 마치 늙은 용이 꿈틀거리는 것과 같습니다. 문 앞에 있는 버드나무에는 실처럼 늘어진 버들가지가 제 격이지요. 들쭉나무·측백·전나무가 아름답고, 그 가운데 은행나무는 자웅을 맞추어 마주 서 있습니다. 초당 앞에는 오동나무·대추나무가 서 있고, 깊은 산중에서나 보는 물푸레나무·포도·다래와 으름덩굴이 친친 감겨 담밖에 우뚝 솟아 있습니다. 소나무 정자와 대나무 숲 사이로 은은히 보이는 것이 바로 춘향의 집이옵니다."

"담과 정원이 정결하고 소나무·대나무가 울밀하니 그 집에 사는 여자에게 곧은 절개가 있는 것을 알 만하구나."

그러자 춘향은 일어서면서 부끄러워하는 태도로 말한다.

"시속 인심이 고약해서 무슨 말을 할지 모르오니 이만 돌아가 보겠습니다."

이도령은 그 말 듣고, 또 한 번 흐뭇하게 여긴다.

"기특한 말이다. 그도 그럴 듯한 일이로구나. 오늘밤 관청의 이속들이 퇴청한 뒤에 내가 네 집으로 갈 것이다. 너는 괄시나 하지 말도록 하라."

"소녀는 모르옵니다."

"아니, 네가 모르면 누가 안단 말이냐. 그러면 되겠느냐. 자 잘 가거라. 오늘밤 뵙겠다고 일러라."

춘향은 광한루에서 내려 집으로 건너간다.

월매는 딸이 건너오는 것을 보고 마주 나와 반긴다.

"아이고. 내 딸이 광한루에 다녀오는구나. 그런데 도련님이 무어라 하시더냐."

"무얼 무어라 해요. 잠시 앉아 있다가 그만 가겠다고 했더니 도련님은 오늘밤에 우리집에 오신다고 하십디다."

월매는 이 말을 듣고 반색하며 다시 묻는다.

"그래서 너는 무어라 대답했느냐?"

"나는 모른다고 했지요."

월매는 만족했다.

"그래 잘 대답했다."

10

이도령은 춘향을 잠깐 만나보고 돌려 보내고 나서 정신을 차리지 못하고 어찌할 줄을 몰랐다.

사또의 자질들이 거처하는 책방으로 돌아온 이도령

은 만사에 뜻이 없다. 오직 춘향의 생각뿐이다.

춘향의 맑은 음성이 귀에 쟁쟁하게 들리는 듯하고, 그 고운 태도가 눈에 삼삼하게 보이는 듯하다.

해가 지기를 기다릴 수가 없다. 그는 방자를 부른다.

"얘! 지금 해가 어느 때가 되었느냐."

"지금 동쪽으로 아귀가 틉니다."

이도령은 크게 화가 났다.

"이놈! 괘씸한 놈. 서쪽으로 지는 해가 동으로 도로 간단 말이냐. 다시 살펴보아라."

한참이나 있다가 방자가 다시 아뢴다.

"해가 서쪽으로 떨어져 황혼이 되고 달이 동산에 돋아오르고 있습니다."

이윽고 저녁 밥상이 들어왔으나 입맛이 떨어져 먹을 수가 없다.

이리 뒤척 저리 뒤척 몸을 어찌할지 모르다가 이도령은 혼잣말로,

「속리들의 퇴청하라는 명령이 내리기를 기다릴 밖에 없다.」하고, 그동안 책이라도 볼까 생각한다.

책상을 앞에 놓고 서적들을 상고한다. 중용·대학·논어·맹자·시전·서전·주역.

그리고 고문진보·자치통감·사략, 이백과 두보의 시 그리고 천자까지 내놓고서 글을 읽기 시작한다.

"시전이라. 관관저구(關關雎鳩) 재하지주(在河之洲)

로다. 요조숙녀(窈窕淑女)는 군자호구(君子好逑)로다. 아서라. 이 글은 못 읽겠구나."

다시 대학을 읽는다.

"대학지도(大學之道)는 재명명덕(在明明德)하며, 재신민(在新民)하며 재춘향[1]이로다. 이 글도 못 읽겠구나."

주역을 읽는다.

"건(乾)은 형(亨)코, 정(貞)코, 춘향이 코[2], 딱 댄 코, 조코 하니라. 이 글도 못 읽겠다."

등왕각서를 읽는다.

"남창(南昌)은 고군(故郡)이요, 홍도(洪都)는 신부(新府)로다. 옳다. 이 글이 되었구나."

다시 맹자를 읽는다.

"맹자견양혜왕(孟子見梁惠王)하신대 왕왈 수불원천리이래(王曰叟不遠千里而來)하시니 춘향이 보시러 오시나이까.[3]"

사략을 읽는다.

"태고(太古)라 천황씨(天皇氏)는 이 쑥떡으로 왕하야 세기섭제(歲起攝提)하니 무위이화의(無爲而化矣)라 하

---

1) 在春香→본문에는 「在止於至善」으로 되어 있는데 춘향을 생각하는 마음에서 이렇게 읽어진 것이다.
2) 춘향이 코→본문에는 乾은 之코 亨코 利코 貞코로 되어 있는 것을 춘향이 코, 딱 댄 코, 조코라고 읽은 것.
3) 춘향이…→본문에는 亦將有以利吾國乎이까로 되어 있다.

여 형제십일인(兄弟十一人)이 각일만팔천세(各一萬八千歲)하다."

방자가 곁에서 듣다 못하여 여쭙는다.

"여보시오, 도련님. 천황씨가 이목떡으로 왕이란 말은 들었지만, 쑥떡으로 왕이란 말은 금시 초문입니다."

"이놈아! 네가 모르는 말이다. 천황씨는 1만8천 세를 살던 양반이다. 이가 원래 단단하여 목떡을 잘 자셨지만, 시속 선비들이야 목떡을 먹겠느냐. 그래서 공자님께서 후생을 생각하시어 성균관 명륜당에 현몽하여 말씀하기를 시속 선비들이 이가 튼튼치 못해서 목떡을 못 먹으니 이제부터는 먹기 쉬운 쑥떡으로 하게 하라 하셨다. 그래서 3백60주[4]에 있는 향교에 통문해서 쑥떡으로 고치도록 했느니라."

방자가 듣고 있다가 말한다.

"여보시오. 하느님이 들으시면 깜짝 놀랄 말을 다 하시는군요."

도련님은 다시 적벽부를 들여놓고 읽는다.

"임술지추(壬戌之秋) 칠월기망(七月旣望)에 소자여객(蘇子與客)으로 범주유어적벽지하(泛舟遊於赤壁之下)할 새 청풍은 서래(徐來)하고 수파(水波)는 불흥(不興)이라. 아서라. 이 글도 못 읽겠다."

---

4) 三百六十州→전 국토를 말함. 조선시대에는 13도, 360주였으므로 3백60주라고 부르기 쉽게 쓴 것

11

천자를 읽는다.

“하늘 천(天), 따 지(地).”

방자가 듣고 있다가 참을 수 없어 말한다.

“여보시오, 도련님. 점잖지 않게 천자가 웬말이오.”

“허허. 모르는 소리로구나. 천자라 하는 글이 칠서의 본문이다. 옛날 양나라 주사봉(周捨奉)[1] 주흥사가 하룻밤에 이 글을 짓고 머리가 희어졌다. 그래서 이 책 이름이 바로 백수문이다. 이 글을 낱낱이 새겨 본다면 깜짝 놀랄 구절이 많을 것이다.”

“소인 놈도 천자 속은 알고 있습니다.”

“네가 정말 그 깊은 뜻을 안단 말이냐?”

“알고말고요.”

“정말 알거든 어디 한 번 읽어 보려무나.”

방자가 천자를 읽기 시작한다.

“소인이 읽을테니 들으시오. 높고 높은 하늘 천(天), 깊고 깊은 따 지(地), 휘휘 친친 감을 현(玄), 불타졌다 누르 황(黃).”

“예라 이놈! 네가 상놈은 확실하구나. 이놈이 어디서 장타령하는 놈의 말을 듣고서 외우는구나. 내가 읽을테

---

1) 周捨奉→벼슬 이름. 周興嗣로 給事中 直西省 左衛率 周捨奉을 삼았다.

니 들어봐라. 하늘이란 자시에 생겨나서 태극이 넓고 크다고 하늘 천(天), 땅을 축시에 열려서 오행과 팔괘가 있다고 따 지(地), 33천이 비었다 또다시 비어서 사람의 마음을 지시한다고 감을 현(玄), 28수와 금목수화토의 올바른 빛인 누르 황(黃), 우주와 일월이 거듭 빛나는데 옥우가 높다랗다고 집 우(宇), 역대의 국도가 흥하고 망하며, 성하고 쇠한 옛날로부터 지금까지 집 주(宙), 우임금이 물을 다스리고 기자의 홍범 구조인 넓을 홍(洪), 삼황 오제가 죽은 뒤에 난신 적자들이 거칠 황(荒). 동쪽이 장차 밝아지겠으니, 높고 높은 하늘가에 태양이 붉어 번듯 솟아올라 날 일(日), 억조창생이 부르는 격양가 속에 태평한 세월이란 달 월(月), 차디찬 하늘에 조그만 달이 보름밤 되면 찰 영(盈), 세상의 모든 일 생각하니 달과도 같다. 보름밤 밝던 달이 이튿날 밤부터 기울 측(昃), 28수와 하도락서 벌리는 법 일월성신 별 진(辰), 오늘밤은 어느 기생 집에 잘까. 원앙금침으로 잘 숙(宿), 세상에 드문 미인을 데리고 좋은 풍류 벌려 논다고 베풀 열(列), 아련한 달빛 밤은 삼경인데 만단 정회를 베풀 장(張), 오늘밤 이 찬바람이 쓸쓸히 불어오니 침실에 들으라고 찰 한(寒), 베개가 높거든 내 팔을 베어라. 이만큼 오너라 올 래(來), 허리를 감아 껴안고 임의 품 속에 드니 설한풍 추운데도 더울 서(暑), 침실이 덥거든 서늘한 곳을 찾아서 이리저리 갈 왕(往), 춥지도 않고 덥지도 않은 것은 어느 때이냐. 오동나무 잎이 지는 가을 추(秋), 백발이 장차 휘날리니 소년시절의 풍도를 거둘 수(收), 나뭇잎 떨어지고 찬 바람 부는 흰 구름 낀 강산의 겨울 동(冬), 꿈에도 잊지 못할 우리 사랑 규중 깊은 곳에 감출 장(藏), 어젯밤 연꽃 위에 내린 가는 비 속에 윤택해진 부를 윤(閏), 어여쁘고 고운 태도 평생을 보고도 남을 여(餘), 백년가약 깊은 맹세 파란 속에서도 이룰 성(成), 이리저리 놀 적에 세월가는 줄 몰라라 해 세(歲), 가난할 때 맞이한 아내는 버리지 못한다. 아내 박대는 못한다고 대전통편[2]의 법중 률(律), 군자의 좋은 짝이 이게 아니랴. 춘향의 입과 내 입을 한 곳에 대고 쭉쭉 빠니 법중 여(呂)[3] 자가 이게 아니냐. 애고애고 보고 싶어라."

12

이도령은 소리를 크게 지르면서 천자를 읽어 내려가고 있다.

---

2) 大典通編→조선왕조 정조 8년에 金致仁 등이 왕명에 의하여 경국대전, 속대전 및 현행의 법령을 증보 편성한 법률서.
3) 呂→입 구(口) 자 둘이 연접해 있기 때문에 한 말.

사또는 이때 저녁 밥상을 물리고 나서 피로함을 못 이겨 평상에 잠시 누워 잠이 들었다.

그러나 갑자기 이도령의 글 읽는 소리가 높아지면서,

"애고애고 보고 싶어라."

하고 소리를 치자 사또는 깜짝 놀라 자리에서 일어나 앉았다.

그리고 창문 밖을 향하여 부른다.

"이리 오너라."

"예!"

통인이 대답한 것이다.

사또는 통인에게 명령한다.

"책방에서 누가 생침을 맞느냐. 아픈 다리를 주무르느냐. 웬 외마디 소리가 저리 크게 나느냐. 빨리 가서 알아오너라."

통인은 책방으로 갔다.

"도련님! 웬 목청이 그리도 크시오. 도련님 고함 소리에 사또가 놀라시어 알아오라 하시니 무엇이라 여쭈면 좋습니까."

"딱한 일이로구나. 남의 집 늙은이는 이농증도 있어 남의 말을 잘 알아듣지 못하기도 하건만, 귀가 너무 밝은 것도 예삿일이 아니로구나."

"아무리 그런 말이 있다지만 어찌 여기에 쓸 말입니까."

도련님은 얼굴빛을 고치고 말한다.

"이렇게 여쭈어라. 내가 논어라는 글을 읽다가, 「아아! 내가 늙어서 오랫동안 주공을 뵙지 못했구나(嗟乎甚矣 吾衰也 久矣 吾不復夢見周公).」한 공자의 말에 이르러서, 나도 주공을 만나 보면 그리하여 볼까 하여 흥취가 나서 부지중에 소리를 높이 지른 것이라고 여쭈어라."

통인은 돌아가서 이도령이 시키는 대로 여쭈었다.

이 말을 듣고 사또는 제자식의 승벽 있는 것을 크게 다행하게 여긴다. 마음 속으로 기쁨을 참지 못하여 다시 통인을 부른다.

"이리 오너라. 너 책방에 가서 목랑청[1]을 가만히 오시라고 전해라."

낭청이 들어온다.

낭청은 어찌 그리 고리탑탑하게 생겼는지 몹시도 급한 걸음으로 큰 일이라도 난 듯이 달려와 들어선다.

"사또께서 그 사이 심심하셔서 그러십니까."

"아닐세. 거기 앉게. 내가 할 말이 있어서 그러네. 우리는 피차간에 친구간으로서 동문수학을 했지만, 어렸을 때 글 읽는 것같이 싫은 일이 없지 않은가. 그런데 우리 아이가 저렇듯 글을 즐겨 읽는 흥을 보니 어찌 즐

---

1) 睦郎廳→목씨 성을 가진 낭청. 주견이 없이 상관의 말에 유유하는 자를 목랑청조라고 하는 속담도 있다.

겁지 않겠는가."

낭청은 사실은 알지도 못하고 그저 대답만 한다.

"아이 때는 글 읽기처럼 싫은 것이 또 어디에 있겠습니까."

"읽기가 싫으면 잠도 오고 온갖 꾀가 나기도 하지. 그런데 이 아이는 글을 읽기 시작하면 읽고 쓰고 해서 밤낮을 가리지 않는단 말일세."

"예! 언제 보아도 그렇더군요."

"배운 일도 별로 없는데 필재가 남보다 뛰어나지."

"그렇고말고요."

"점 하나만 툭 찍어도 마치 고봉투석(高峯投石) 같고, 한 일 자를 그으면 천리에 뻗친 구름과도 같지. 그 필법을 말하자면 몰아치는 물결에 천둥이 이는 격이지. 내리 그었다가 올려 채는 획은 꼭 늙은 소나무가 거꾸로 절벽에 걸려 있는 것과 같네. 이것을 창 과(戈), 자로 친다면 등나무 덩굴처럼 뻗어갔다가 도로 채는데 꼭 송곳 끝과 같지. 획을 긋다가 기운이 부족할 때엔 발길로 툭 차 올려도 획은 획대로 된단 말이야."

"그렇습니다. 글씨를 가만히 보면 글씨 모양은 모양대로 되고 획은 획대로 되었습니다."

"자네 내 말 좀 들어보게. 저 아이가 9세가 되었을 때 일일세. 서울 집 뜰에 늙은 매화나무 한 그루가 있었지. 그 매화나무를 보고 글을 지으라고 했었네. 그랬더니 잠깐 동안에 글을 지었는데 딴 사람이 정성들여 지은 것과 솜씨가 틀릴 것이 없었네. 그야말로 한번 보기만 하면 기억하는 재주란 말이야. 아마 이 다음에 조정의 당당한 명사가 될 것일세. 남쪽을 쳐다보고 북쪽을 돌아다보는 사이에 춘추 같은 글 한 수를 지어낼 것이란 말일세."

"그렇습니다. 장래에 정승감입니다."

사또는 이제 지나치게 감격한 눈치로 말한다.

"정승이야 어찌 바라겠는가. 하지만, 내 생전에 과거에 급제하는 것은 쉬울 것일세. 급제만 하고 보면 육품직으로 진출하는 것쯤이야 어려울 것이 있겠는가."

"아니올시다. 그렇게 말씀할 것이 아닙니다. 정승을 못하면 장승이라도 할 것입니다."

이 말을 들은 사또는 호령이 추상같다.

"자네가 뉘 말로 알고 대답을 그렇게 하는가."

"저도 대답은 했사오나 누구의 말인지는 모릅니다."

이렇게 목랑청은 대답했지만 그것은 모두 거짓말이었다.

13

이도령은 퇴청명령이 내리기만 기다리고 있다. 지리해서 견딜 수가 없다.

애매한 방자만 불러댄다.

"애! 방자야!"

"예!"

"퇴청명령이 내렸는가 가 보아라."

"아직 안 내렸소."

조금 잠자코 있으려니,

"관속들 퇴청하라."

하는 퇴청명령 소리가 길게 들려온다.

이도령은 신이 난다.

"좋다, 좋다. 인제 됐구나. 야! 방자야! 등롱에 불 밝혀라."

준비가 끝나자 방자를 앞세우고 뒤에는 통인 하나를 데리고 춘향의 집으로 찾아 건너간다. 발소리를 죽이고 아무런 기척도 없이 가만가만 걸어서 간다.

그러면서도 이도령은 조심이 여간 아니다.

"방자야! 아버님 계신 방에 불빛이 비칠까 조심해라. 등롱을 옆에 껴라."

삼문 밖을 조심조심 나섰다. 좁은 골목으로 접어든다.

이제부터는 발길을 재촉한다.

달빛은 영롱하고 꽃 사이의 푸른 버들은 너울거린다.

닭 싸움시키는 소년들이 술집을 찾아가는 모습이 눈에 띈다.

이도령은 이제 마음이 더 급해진다.

"자! 지체말고 어서 가자."

그럭저럭 춘향의 집에 당도했다. 춘향의 집은 오늘따라 몹시 적막도 하다. 아름다운 기약을 기다리는 정경이 아니랴.

우습구나. 저 무릉 사람 고기잡이가 어찌 도원[1] 가는 길을 모를 리가 있겠는가.

춘향의 집 문전에 당도해 보니 밤은 깊고 주위는 고요하다. 삼경 달빛만이 밝게 비쳐 주고 있다.

못 속에는 물고기가 뛰놀고 있다. 대접만큼이나 큰 금붕어가 마치 님을 보고 반기듯이 펄펄 뛰놀고 있다.

달빛 아래서 두루미도 짝을 불러 흥겹게 울고 있다.

이때 춘향은 일곱 줄 거문고를 무릎 위에 놓고 켜다가 잠깐 침석에 쓰러져 졸고 있다.

방자는 안으로 들어가려다가 개가 짖을까 겁이 나서 발자국 소리를 죽이고 가만가만 걸어서 춘향의 방 창

---

1) 桃源→陶潛의 桃莊源記에 나오는 지명으로서 실존적인 것이 아니고, 작자의 운둔사상에 의한 이상적인 경계. 진나라 태원년간에 고기잡이로 업을 삼는 무릉 사람 하나가 있었다. 그는 시내를 따라 올라가는데 홀연히 도화가 물에 떠서 내려온다. 이에 그 사람은 도화를 따라 올라갔더니 시내 양편에 도화가 수백 주 만발한 경치 좋은 마을이 있었다. 그래서 거기에서 그대로 머물러 살면서 난리를 피했다는 이야기가 있다.

밑에 가까이 가 부른다.

"이애! 춘향아! 잠들었느냐?"

졸고 있던 춘향이 깜짝 놀라 깬다.

"네가 어찌해서 왔니?"

"여기 도련님이 와 계시다."

이 말을 듣고 춘향은 가슴이 울렁거리고 속이 답답한 것 같다. 부끄러움을 못이겨 문을 열고 나왔다.

그 길로 건너방으로 들어가 저의 어머니를 깨운다.

"어머니! 무슨 잠을 이렇게 깊이 주무세요."

춘향의 어머니가 잠에서 깬다.

"응! 아가! 왜 무얼 달라고 부르는게냐?"

"달라긴 누가 무얼 달래요."

"그럼 왜 부르느냐."

춘향은 엉겹결에 말을 거꾸로 한다.

"아이고 어머니! 저 도련님이 방자 모시고 오셨대요."

춘향 어머니는 문을 열고 방자를 부른다.

"게 누구 왔느냐?"

방자가 다가서면서 대답한다.

"사또 자제 도련님이 여기 와 계시오."

춘향 어머니는 그 말을 듣고 급히 향단을 부른다.

"애! 향단아!"

"예!"

"뒤 초당에 좌석 깔고 등촉을 밝혀라."

이렇게 당부하고 춘향 어머니가 밖으로 나온다. 세상 사람들이 모두 춘향 어머니를 미인이라고 칭찬하더니 그 말이 과연 헛된 말이 아니었다.

옛날부터 사람들은 어머니를 많이 닮는다고 했다. 그래서 춘향 같은 딸을 두었을 것이다.

춘향 어머니의 거동을 살펴보니 머리칼은 반이나 넘게 희다. 그 소탈한 모습과 단정한 거동이 확실히 보통 여자보다 뛰어났다. 또 몸은 뚱뚱하여 복이 많을 상이다.

점잖고도 단정하게 발을 옮겨 가만가만 방자의 뒤를 따라 이편으로 오고 있다.

14

이도령은 밖에서 서성거리면서 무료하게 서 있었다.

방자가 나와 여쭙는다.

"저기 춘향 모가 옵니다."

춘향 모는 이도령의 앞에 오더니 손을 마주잡고 서서 인사를 드린다.

"요즈음 도련님은 어떠하시오."

이도령은 먼저 웃음을 반쯤 띄면서 대답한다.

"아! 춘향 모라지! 편안한가?"

"예! 겨우 지냅니다. 오시는 것을 몰라서 영접하는

절차가 민첩하지 못했습니다."

"허! 별 말을 다 하네그려."

춘향 어머니가 앞서서 이도령을 안내한다.

대문을 지나고 중문을 지나 후원으로 들어간다.

오래된 별초당에 등롱을 밝혀 놓았다. 거기에 버들가지가 늘어져 불빛을 반쯤 가리고 있다. 그 모양은 마치 구슬을 꿰맨 발이 나무에 걸린 듯 아롱거린다.

오른쪽에 서 있는 벽오동나무에서는 맑은 이슬이 뚝뚝 떨어져 학의 꿈을 놀래 주는 듯하다. 왼쪽에 서 있는 반송에는 맑은 바람이 불어오면 늙은 용이 꿈틀거리는 듯하다.

창 앞에 심어놓은 파초는 날이 따뜻해지자 봉의 꼬리처럼 속잎이 돋아났고, 못 가운데 여롱(驪龍)[1]의 구슬처럼 피어난 연꽃은 물 위에 겨우 떠서 구슬 같은 이슬을 받고 있다.

대접만큼 큰 금붕어는 변해서 용이 되려는지 이따금 물결을 일며 출렁이고 텀벙 빠지고 다시 꿈틀거리면서 놀 때마다 사람을 조롱하는 듯하다.

그 사이 사이로 나오는 새 연잎은 손바닥으로 받을 것처럼 벌어져 있다.

못 속에 우뚝 솟은 세 봉우리 돌로 만든 산은 층층으

---

1) 驪龍→용의 일종. 흑룡.

로 쌓여 있는데 뜰 아래에서 놀던 학이 사람을 보고 놀라 두 날개를 떡 벌리고 긴 다리로 징검징검 거닐면서 낄룩 뚜루룩 소리를 친다.

이 학의 소리에 대꾸하듯이 계수나무 꽃 밑에서는 삽살개가 짖어댄다.

그 중에서도 손님을 제일 반가워하는 것은 못 가운데 헤엄치는 오리들이다. 오리들은 손님 오시기를 기다리는 듯 둥둥 떠서 놀고 있다.

이도령이 처마 끝에 다다랐다.

그제서야 춘향은 그 모친의 영을 받아 초당의 사창을 반쯤 열어젖히고 밖으로 나온다.

그 모양은 둥글고 밝은 달이 구름을 헤치고 밖으로 그 모습을 내미는 듯, 황홀함은 무엇이라 형용할 길이 없다. 부끄러운 태도를 띄고 뜰에 내려 조용히 서 있다. 그 거동은 역시 이도령의 간장을 다 녹인다.

이도령은 또 반쯤 웃고 춘향에게 묻는다.

"몹시 피곤하지나 않느냐. 저녁 밥이나 잘 먹었느냐?"

춘향은 부끄러워 대답을 하지 못한다. 그 자리에 묵묵히 그대로 서 있다. 춘향 어머니는 이 모양을 보고 자기가 먼저 초당으로 올라가 이도령을 상좌에 모신다.

이내 차를 내다가 권한다. 담배도 피워 올린다.

이도령은 차도 마시고 담배도 받아 물었다.

원래 이도령이 춘향의 집에 올 때는 춘향에게 뜻이 있어서 온 것이었다. 춘향의 집 세간이나 구경하러 온 것은 아니다.

그러나 이도령은 혼전(婚前)이라, 밖에서는 춘향만 만나면 온갖 수작을 다해 볼 것 같았지만 막상 들어가 앉고 보니 별로 할 말도 없다.

공연히 가쁜 기운이 들고 오한마저 생긴다. 아무리 연구해도 춘향에게 할 말이 생각나지 않는다.

초당 안을 둘러보고 사방 벽을 살펴본다. 여러 가지 보지 못하던 기물이 놓여 있다.

용과 봉으로 장식한 장롱과 경대가 제 자리에 놓여 있다. 그리고 벽에는 보기드문 그림이 붙어 있었다.

시집도 가지 않은 처녀 춘향이요, 공부하는 계집아이로서 세간과 그림이 어찌해서 저렇듯이 걸려 있을까. 그러나 그것은 춘향의 모친이 이름난 기생이어서 딸을 주려고 장만했던 것이다.

글씨로 해도 당대에서 유명하다는 명필의 글씨가 모두 붙어 있고, 또 그 사이 사이에 붙어 있는 명화들은 그만 두기로 하자.

그 중에 팔선도란 그림이 붙어 있다. 이 팔도선의 화제를 훑어보기로 하자.

상제가 높이 있는데 여우(女優)들이 춤의 음절을 맞추어 추면서 신하들이 조회하는 그림이 있다.

다음으로 청련거사 이태백이 황학루에 꿇어 앉아서 노자(老子)의 황정경(黃庭經)을 읽는 그림이 있다.

옥제가 사는 백옥루를 지은 후에 장길[2]을 불러올려 상량문을 짓는 그림도 있다.

7월7석날 오작교에서 견우·직녀가 만나는 그림이 다음에 있다.

광한전 달 밝은 밤에 약방아를 찧는 달 속의 선녀의 그림이 있다.

이런 그림들을 층층으로 붙여 놓았다. 그 색채가 몹시도 화려해서 오히려 정신이 영롱하고 현란하다.

또 한쪽 벽을 바라본다.

거기에는 절강 서쪽에 있는 부춘산에 있던 엄자릉[3]이 간의대부(높은 벼슬)를 싫다 하고 백구를 벗삼고 원숭이나 학을 이웃삼아 양의 가죽으로 만든 갓옷을 입고 동려현에 있는 동강 7백 리 여울에 낚시를 던져 고기를 낚던 그림이 역력히 그려 있다.

이야말로 선경이라 아니할 수 없다. 군자의 좋은 배필의 처소가 분명하다.

---

2) 長吉→당나라 때 李賀의 자. 옥제가 백옥루를 지어놓고 그를 불러올려 시를 지으라고 했다는 고사가 있다.

3) 嚴子陵→후한 때 엄광. 자릉은 그의 자. 광무제가 그 인재를 알고 불러서 간의대부를 시키려 했으나, 그는 나가지 않고 부춘산에서 농사를 지으면서 세월을 보냈다. 또 그는 동강에서 물고기를 낚는 것으로 일을 삼기도 했다.

저쪽 책상 위에는 또 춘향이 지은 시 한 수가 붙어 있다.

이 시는 춘향이 일편단심으로 한 남편만을 섬기겠다는 뜻에서 지은 것이다.

풍운 띈 봄바람의 대나무요.
향 피우고 앉아서 밤에 글을 읽는다.
帶韻春風竹
焚香夜讀書

이도령은 자기도 모르게 칭찬한다.

"기특하구나. 이 글 뜻은 바로 목란[4]의 절개로구나?"

이 말에 춘향의 어머니가 대꾸한다.

"귀하신 도련님이 누추한 곳에 오셨으니 그저 황공하고 감격하옵니다."

---

4) 木蘭→옛날의 효녀. 남장하고 그 아비 대신 전쟁에 나갔다가 12년 만에 돌아왔다. 그동안 아무도 그가 여자임을 몰랐다고 한다. 그러나 이 목란에 대해서는 이설이 많다. 도영의 康輪紀行에는 북위의 효문제, 실무제 때 사람이라 했고, 송상봉의 過庭錄에는 수의 공제 때 사람이라고 했다. 또 정대창의 演繁露에는 수 때가 아니면 당 때 사람이라고 했다. 그가 출생했다는 지방도 저마다 각각이요, 그 성도 朱·魏·花 등 일정치가 않다.

15

그제서야 이도령의 말문이 열렸다.

"거 너무 지나친 말일세. 우연히 내가 광한루에서 춘향을 잠깐 보고 연연한 마음을 금치 못해서 마치 꽃을 찾는 벌이나 나비와도 같이 찾아온 것일세. 그러나 오늘밤에 내가 여기에 온 뜻은 춘향의 모친을 만나러 온 것일세. 내가 자네 딸 춘향과 백년가약을 맺고자 하는데 자네 마음에는 어떤가?"

춘향의 모친이 여쭙는다.

"말씀은 황송합니다. 하지만, 내 말을 들어보시오. 자하골 성참판 영감이 임시 외직으로 있을 적에 남원에 와 계신 일이 있었습니다. 그때 이 못난 나를 곱게 보고 수청[1]들라 하옵기로 사또의 영을 어길 수가 없어서 그 어른을 모신 지 석 달 만에 서울로 올라가셨습니다. 그런데 뜻밖에도 태기(胎氣)가 있어 낳은 것이 바로 저것입니다. 그 까닭을 편지로 아뢰었더니 하는 말씀이 「젖을 뗄 때가 되면 데려가겠다」고 하시는 것이었습니다. 그러더니 얼마 안 되어 그 어른은 불행히 세상을 버리셨습니다. 그래서 끝내 성씨 댁으로 보내지 못하고 내가 길러 내는데, 어릴 적에는 잔병이 왜 그다지도 많

---

1) 守廳→고관 앞에서 수종하는 것.

았는지 모릅니다. 7세가 되자 소학을 읽혀 몸을 닦고, 가정을 다스리는 법과 남편에게 화순해야 한다는 것을 낱낱이 가르쳤지요. 원래 씨가 있는 집 자식이라서 만 가지 일을 통달해 알고 삼강(三綱)[2]을 지키는 행실이 뚜렷하니 그 누가 저것을 내 딸이라 하겠습니까. 하오나, 내 집 형편이 넉넉지 못하온즉 재상 집으로 시집을 보낼 수는 없고, 사족에도 미치지 못하고 서인에게는 서운하고 해서 위도 아래도 모두 적당한 곳이 없어, 혼인이 이렇게 늦어졌지요. 그래서 지금은 밤낮으로 저것의 혼인 걱정을 하는 참입니다. 하온데, 지금 도련님 말씀은 잠시 춘향과 인연을 맺자는 뜻인 듯하오나 그런 말씀은 그만두시고 그대로 놀다가 가십시오."

이 말은 실상 월매가 진심으로 한 말이 아니다. 이도령이 춘향과 백년가약을 맺겠다고 하기는 했으나 앞으로 있을 일을 예측할 수 없어서 다짐하는 말이다.

그러나 이도령은 기가 막힌다.

"거 참 좋은 일에 장애도 많네그려. 춘향도 시집가기 전이요, 나도 장가들기 전이라, 피차에 이렇게 언약을 한다면 아무리 육례(六禮)[3]는 갖추지 못할망정 양반의 집 자식이 한 입 가지고 두 말 할 리가 있는가?"

---

2) 三綱→군신·부자·부부간에 지킬 도리.
3) 六禮→혼례에 대한 6종의 의식. 즉 납채·문명·납길·납징·청기·친영.

춘향 어머니는 다시 말한다.

"도련님! 내 말을 들으시오. 신하의 마음을 아는 것은 임금만한 이가 없고, 자식의 마음을 아는 것은 아비만한 이가 없다고 했습니다. 그러나 딸자식의 마음을 아는 것은 역시 어미가 아니겠습니까. 그러므로 내 딸의 마음 속은 누구보다도 제가 잘 압니다. 어려서부터 저것은 마음이 지나치게 곧고 깨끗해서 오히려 이 때문에 신세를 그르칠까 걱정이 되는 터입니다. 평생 한 남편만 섬기겠다고 하는 마음은 철석과 같아 일마다 행실마다 나타는 것입니다. 그 굳은 뜻은 마치 푸른 소나무나 대나무·전나무가 일 년 사 시절 내내 푸른 것과 그 절개를 다툴 만하지요. 비록 상전벽해(桑田碧海)[4]가 될지라도 내 딸 마음은 변치 않을 것입니다. 금이나 은, 그리고 오나라·촉나라에서 나는 비단이 산더미처럼 쌓였어도 받지 않을 것입니다. 또 백옥 같은 내 딸의 마음은 맑은 바람으로 미치지 못할 것입니다. 다만, 옛 도의를 본받으려고 할 뿐이지요. 그런데 도련님은 욕심을 부려 인연만 맺었다가, 장가도 가지 않은 도련님이 부모 몰래 사랑을 맺었다가, 세상 소문이 두렵다 해서 버리신다면 어찌합니까. 옥결같이 고운 내 딸의

4) 상전벽해→뽕나무 밭이 푸른 바다가 되고, 푸른 바다가 뽕나무 밭이 되듯이 세상 일이 덧없이 변천함을 비유해 쓰는 말. 창상의 변이라고도 한다. 마고의 고사에서 온 말.

신세가 하루 아침에 무늬 좋은 대모나 진주, 그리고 고운 구슬로 꿰어 만든 노리개 깨지듯 할 것이 아닙니까. 그렇게 되면 비 갠 강물에 놀던 원앙새가 짝 하나를 잃은 격이 될 것이니 어찌 한단 말입니까. 도련님께서는 속마음이 말과 똑같거든 깊이 생각해서 실천하시옵소서."

16

이렇게 되면 이도령은 더욱 당당해진다.

그는 변명 겸해서 다시 월매에게 말한다.

"그것은 두 번 염려할 것 없네. 내 마음을 내가 헤아려 봐도 특별히 간절하고도 굳은 마음이 가슴 속에 가득 차네. 비록 분의는 다를지언정 저와 내가 평생의 기약을 맺을 적에는 아무리 전안[1]이니 납폐[2]니 하는 절차가 없다 한들 나의 이 푸른 물처럼 깊은 마음이 춘향의 사정을 모르겠는가."

이렇게 말을 주고받았으니 청실 홍실로 육례를 갖추어 만난다고 해도 이보다 더 굳은 언약이 될 수 있으랴.

---

1) 奠雁→혼례의 六種 의례 중의 하나. 예물로 기러기를 드리는 것.
2) 納幣→폐백을 드림.

이도령은 다시 한번 다짐을 한다.

"나는 저를 초취(初娶)로 여길 것일세. 나를 부모있는 몸이라고 염려 말고, 장가가기 전이라는 것도 걱정 말게. 대장부가 한 번 먹은 마음이 아내를 박대하는 행실이 있을 리가 있겠는가. 그저 허락만 해 주게."

춘향의 어머니도 이렇게까지 되고 보니 조금 안심은 된다. 게다가 어젯밤에 꾼 꿈이 있지 않는가.

속으로 혼자 생각해 본다.

「이도령이 아마 인연인가보구나.」

이렇게 짐작이 가자. 기꺼이 허락을 하지 않을 수가 없다.

"봉(鳳)이 나면 황(凰)[3]이 나고 장군이 나면 용마(龍馬)[4]가 나듯이 남원의 춘향이 나자「이화에 봄바람이 꽃답구나(李花春風)[5]」. 향단아! 주안상 등대했느냐?"

"예!"

향단이 대답하고 술상을 차린다.

안주를 보면 고임새도 정갈스러운데, 우선 가리찜, 제육찜, 펄펄 뛰는 숭어찜을 비롯하여 부르릉 날아갈 듯한 메추리탕이 있다.

---

3) 鳳凰→봉은 수컷, 황은 암컷.
4) 龍馬→좋은 말. 준마. 龍駒라고도 한다.
5) 李花春風→이몽룡을 가리킴.

동래·울산에서 나는 전복을 대모칼로 마치 맹상군의 눈썹 모양으로 가느다랗게 어슷비슷 오려 놓았다.

염통 산적·양볶기, 생꿩의 다리, 장단에서 만든 대접과 광주 분원에서 나는 사기그릇에 냉면까지 비벼 놓았다.

생률·숙률·잣송이·호도·대추·석류·유자·준시, 앵두에다가 탕기 같은 배를 치수 맞추어 괴어 놓았다.

이번에는 술병을 훑어보자.

티 한 점 없는 백옥병·벽해수 위의 산호병·오동병이 있다.

목이 긴 황새병과 목이 짧은 자라병도 있다. 당화를 그린 병, 금으로 장식한 병도 있다. 소상강 동정호에서 나는 대나무로 만든 죽절병이 놓여 있다.

그 가운데에는 천은으로 만든 알 모양의 주전자, 적동으로 만든 주전자, 금으로 장식한 주전자가 차례로 놓여 있다.

어찌 이뿐이랴. 구비한 것도 가지가지다.

술 이름을 보면, 이태백이 마시던 포도주, 안기생6)

---

6) 安期生→신선. 유향의 列仙傳에 보면, 안기생이 동해 가에 다니면서 약을 캐는데 그 지방 사람들의 말에 그의 나이가 1천 세라고 했다. 이에 주시황이 그를 불러보고 3일 3야을 같이 얘기하고 金璧을 하사했다. 그러나 안기생은 이를 모두 두어 두고 가면서 글 한 봉을 써 놓고 갔다. 거기에 보

의 자하주[7], 산림처사(山林處士)가 마시던 송엽주[8]가 있다.

이밖에도 과하주[9], 방문주[10], 천일주[11], 백일주[12], 금로주[13]가 있다.

마시면 펄펄 뛰는 화주[14]도 있고 약주도 있다.

그 가운데 가장 향기로운 연엽주[15]를 골라내어 알 모양의 주전자에 가득 붓는다. 청동 화로에 백탄불을 피워 그 위에 물그릇을 올려놓고 물을 끓이다가 그 물에 주전자를 잠시 둘러 낸다.

술은 뜨겁지도 차지도 않다.

이것을 금잔·옥잔·앵무배에 부어 거기에 띄워 놓는다.

마치 옥경에 연꽃이 피는 곳에 태을선녀[16]가 연엽선을 띄운 듯도 하고, 대광보국 영의정이 받는 파초선[17]

니, 「몇 해 후에 나를 봉래산에 와서 찾으시오」 했다는 고사가 있다.

7) 紫霞酒→선주의 이름.
8) 松葉酒→송엽으로 담근 술.
9) 過夏酒→소주와 약주를 섞어 만들어 여름을 묵힌 술.
10) 方文酒→비밀스런 방문으로 빚은 술
11) 千日酒→한 번 마시면 천 일을 취한다는 술.
12) 百日酒→특별한 재료로 빚은 지 백 일 만에 마시는 술.
13) 金露酒→당시에 유명한 술인 듯하나 미상.
14) 火酒→소주.
15) 蓮葉酒→연잎 하나하나에 술을 빚어 넣어 익힌 술.
16) 太乙仙女→한나라 때 태을선인이 연엽을 탔다는 고사.
17) 芭蕉扇→의정이 외출할 때 낯을 가리던 파초 잎 모양의 큰 부채.

이 뜬 것과도 같다. 술잔을 둥실둥실 띄워 놓았다.

권주가 한 곡조에 술 한 잔씩을 마시니, 한 잔 한 잔 또 한 잔을 들게 된다.

이도령이 술잔을 잠시 멈추고 말한다.

"오늘밤 하는 절차를 보니 관청도 아닌데 어찌 그리 모든 것이 구비한가."

17

춘향의 어머니가 대답한다.

"내 딸 춘향을 곱게 기른 것은 아리따운 아가씨를 만들어 군자의 좋은 짝을 채워 좋은 금술로 벗삼아 평생동안 같이 즐겁게 살도록 하려고 한 것입니다. 그렇게 되면 사랑방에서 노는 손님들은 모두 영웅·호걸이나 문장들이요, 또 어릴 때부터 같이 자란 친구들로서 이들과 함께 밤낮으로 즐기고 노실 것입니다. 이때 안방에서는 하인들을 불러 밥상이며 술상을 재촉해서 손님들을 대접해야 할 것이니, 모든 범절을 배우지 못하고서야 어찌 치러 나갈 수가 있겠습니까. 한집안에 아내된 사람이 민첩하지 못하면 가장의 체면이 깎이는 법입니다. 내 생전에 힘써 가르쳐 아무쪼록 옛 사람의 솜씨를 본받아 행하라고, 돈 생기면 사 모았다가 손수 음식을 만들어서 눈에 익히고 손에도 익히고자 해서 잠시도

놓지 않고 시켰던 터입니다. 그러니 부족하다고 생각마시고 구미에 맞는 대로 잡수십시오."

말을 마치고 앵무배에 술을 가득 부어서 이도령에게 드린다.

이도령은 받아서 손에 들더니 탄식을 한다.

"내 맘대로 하는 일 같았으면 갖추고 싶네. 하지만, 그렇지 못하고 오늘밤에 개구멍 서방으로 여기 들어오고 보니 어찌 원통한 일이 아니겠는가. 춘향아! 그러나 우리 둘은 이 술이 대례지내는 교뱃술로 알고 마시자꾸나."

이도령은 술잔을 받아들고 말한다.

"너는 내 말을 들어봐라. 첫째 술잔은 인사로 마시는 잔이요, 둘째 잔은 서로 같이 즐기는 잔이다. 이 술이 딴 술이 아니고 이 술로 우리들의 인연 맺는 근원을 삼는 것이다. 옛날에 순임금이 요임금의 따님이신 아황과 여영을 만난 연분이 지극히 중하다고 했다. 하지만, 월하노인(月下老人)[1]의 고사 같은 우리들의 연분은 삼생

---

1) 月下老人→두릉에 사는 李固란 사람이 宋 城南店을 지나게 되었다. 비낀 달이 아직도 밝은데 한 노인이 주머니 하나를 옆에 놓고 돌 위에 앉아 있다. 노인은 달빛에 비추어 무엇인가 보고 있다. 이고는 걸음을 멈추고 노인이 보고 있는 글을 보았으나 무엇인지 알 수가 없다. 그래서 노인에게, 「노부께서 보시는 것이 무엇입니까.」 하고 물었다. 노인은 웃으면서, 「이것은 천하 사람의 결혼 문서이다.」 한다. 이고는 다시, 「저 주머니 속에는 무엇이 들었습니까.」

(三生)[2]의 가약을 맺은 것이다. 우리의 연분은 천만 년이 가도 변치 않아야 한다. 우리 둘에게서는 대대로 삼정승과 육판서가 나고 자손이 많이 번성하여 아들·손자·증손·고손을 두어, 무릎 위에 앉혀 놓고 재롱을 보면서 백 세 상수하다가 한날 한시에 둘이 마주 누워서 먼저 죽고 나중 죽는 일이 없이 똑같이 죽을 것이다. 그만하면 천하에 제일가는 연분이 아니겠느냐."

이도령은 술잔을 들어 자기가 먼저 마셨다.

"향단아! 여기 술을 부어서 너의 마나님께 드려라."

그리고는 다시 춘향 모친을 향해서 말한다.

"장모! 이것은 경사 술이니 한 잔 들게."

춘향 모친은 술잔을 받아들고 한편으로 기쁘고 한편으로는 슬픈 생각이 들었다.

"오늘은 딸년의 백년고락을 맡기는 날이니 무슨 슬픔이 있겠습니까마는, 저것을 지금까지 길러낼 제 아비 없이 쉽게 기르다가 오늘을 당하고 보니 자연 영감 생

하고 물었더니, 「그것은 붉은 노끈이다. 그것으로 부부간이 될 사람들의 발을 매놓으면 인생으로 태어나서 반드시 부부간이 되는 것이다. 이렇게 되면 아무리 원수간이나 귀천이 현격하게 다른 처지라든지 또는 하늘 끝에 멀리 사는 사람끼리라도 꼭 부부가 되고 운명을 끝내 피하지 못한다. 그대의 발은 이미 저 끈으로 매어져 있다」고 했다는 고사가 있다. 이것은 이복언의 定婚店에 있는 기록을 베낀 것이다.

2) 三生→전생·금생·후생. 즉 과거세·현재세·미래세를 말한다.

각이 간절해서 슬픈 마음이 듭니다그려."

이도령이 대꾸한다.

"지나간 일은 생각지 말고 술이나 들게."

춘향 모친은 술을 두세 잔 받아 마시더니, 통인에게 상을 물려 준다.

"이것 내다가 자네도 먹고 방자도 먹게."

통인과 방자는 상을 받아다가 배불리 먹고 물러간다.

대문과 중문을 모두 닫고 춘향 모친은 향단을 불러서 자리를 펴게 한다.

원앙금침에 잣씨처럼 만든 베개, 샛별 같은 요강, 대야 등속을 모두 갖추어 놓는다.

그리고 나서 이도령을 본다.

"자! 도련님! 평안히 쉬시오."

춘향 모친은 다시 향단을 돌아본다.

"향단아! 나오너라. 너는 나하고 함께 가서 자자."

이렇게 말하고 둘은 나가 버렸다

18

이제 춘향과 이도령만이 초당 안에 남아 있게 되었다. 그 광경이 어찌 되었겠는가. 마치 석양 햇빛을 받으면서 삼각산 제일봉에 봉과 학이 앉아서 춤을 추는 듯, 이도령은 두 활개를 조심스럽게 펴서 춘향의 부드

럽고 고운 손을 겹쳐 잡고 옷을 용케도 벗긴다.

춘향의 두 손길을 슬쩍 놓더니 그 가느다란 허리를 덥석 안는다.

"치마를 벗어라."

춘향은 처음 당하는 일이다. 부끄러움을 참지 못하여 고개를 숙이고 몸을 비튼다.

이리로도 틀고 저리로도 트는 모습은 마치 푸른 연못 위에 붉은 연꽃이 바람으로 흔들거리는 것과도 같다.

이도령은 춘향의 치마를 벗겨 젖혀 놓고, 이번에는 바지 속곳을 벗긴다.

이번에는 무한히도 힘이 든다. 힐난이 무수하다. 이쪽으로 피하고 저쪽으로 피하는 모습이 마치 동해에 청룡이 꼬리를 치는 것과 같다.

"아이고 놓아요. 좀 놓으세요."

"아니다. 안 될 말이다."

이렇게 서로 힐난하다가 옷 끈을 겨우 끌렀다.

옷이 벗겨져서 발 아래에 있다.

옷이 활짝 벗겨지고 나니 형산에 있는 백옥덩이인들 춘향의 살결에 비하랴. 말할 수 없이 고운 살결이다.

옷이 벗겨지자 이도령은 춘향의 거동을 보려고 슬며시 잡은 손을 놓는다.

"아차. 손이 빠졌구나."

이 소리가 나기 무섭게 춘향은 이불 속으로 기어 들

수밖에 없었다.

이도령은 그제야 왈칵 달려 들어 누워서 저고리를 벗기고 자기 옷도 벗어서 모두 한데 뭉쳐서 방 한 구석에 던져 둔다.

그리고 단 둘이 안고 누웠다. 그대로 잘 수 없는 일이다.

애를 쓸 때에 두꺼운 무명 이불이 들썩거린다. 샛별 같은 요강은 저편에서 장단을 맞추어 정그렁정그렁 소리가 난다. 문고리는 달랑달랑 소리를 내어 흔들리고, 등잔불은 가물가물한다.

둘은 어려운 일을 다 끝내고 났다. 그 가운데 진진한 일이야 어찌 다 말로 하랴.

이렇게 하루 이틀을 지냈다. 워낙 나이 어린 처지여서 그 정이 날로 새로워진다. 이제 부끄러움은 점점 멀어진다.

이제와서는 서로 희롱도 하고 우스운 말도 오고 간다. 이렇게 노는 말이 사랑가로 변해 버렸다.

그들은 이런 사랑가를 부르면서 노는 것이었다.

사랑 사랑 내 사랑아!

동정호 7백 리 달밤에 무산처럼 높은 사랑.

끝없이 넓은 물 하늘에 닿았는데 저 푸른 바다처럼 깊은 사랑.

군옥산(群玉山)[1] 머리에 달 밝은데 가을 산 천 봉우리 달 구경하는 사랑.

일찍이 춤추는 것 배울 제, 퉁수 부는 사람 묻던 사랑[2].

유유히 해 떨어지고 발 틈에 달 비치는데 도리꽃 피어 비친 사랑.

갸름한 초생달 희기도 한데, 부끄러움 머금은 아리따운 사랑.

월하노인의 삼생 연분, 너와 나와 만난 사랑.

아무런 허물 없는 우리 두 부부의 사랑.

동산에 꽃, 비 뿌려 모란꽃같이 펑퍼지고 고운 사랑.

연평바다에 그물처럼 얽히고 맺힌 사랑.

은하수의 직녀성이 짠 비단처럼 올올이 이어진 사랑.

청루의 꽃녀가 쓰는 금침같이 솔마다 감친 사랑.

시냇가 수양버들같이 처지고 늘어진 사랑.

남쪽 창고 북쪽 창고에 쌓인 노적더미처럼 푸짐한 사랑.

영산홍록에 날아드는 누른 벌과 흰 나비가 꽃을 물고 즐기는 사랑.

푸른 물 맑은 강에 원앙새처럼 마주보고 둥실 떠 노는 사랑.

---

1) 群玉山→서왕모가 살던 곳.
2) 學舞→노조린이 長安古意詩에 보면, 「借問吹簫向紫烟 曾經學舞度芳年」이라고 했다.

해마다 7월7석날 밤이면 견우와 직녀처럼 만나는 사랑.

육관대사(六觀大師)[3] 성진(性眞)[4]이가 팔선녀[5]와 노는 사랑.

산이라도 뽑을 힘센 항우가 우미인과 만나는 사랑.

당나라 명황이 양귀비와 만나는 사랑.

명사십리의 해당화처럼 아름답고 고운 사랑.

네가 모두 사랑이로구나.

어화 둥둥 내 사랑아.

어화 내 기쁜 사랑이로구나.

여봐라 춘향아!

저쪽으로 가봐라. 가는 태도를 보자.

이만큼 오너라 오는 태도도 좀 보자.

방끗이 웃고 아장아장 걸어 봐라, 걷는 태도 좀 보자.

너와 나와 만난 사랑.

그 연분을 팔자고 한들 어디다 팔단 말이냐.

생전에 누리는 사랑 이러하니

---

3) 六觀大師→당나라 때 서역 천축국으로부터 왔다는 노승. 이것은 김만중의 九雲夢에 나오는 얘기이다.

4) 性眞→구운몽에 나오는 선계의 남주인공. 육관대사의 고제로서 풍채가 좋았는데 팔선녀와 놀았다.

5) 八仙女→역시 구운몽에 나오는 여주인공들로서 정소저·이소화·진채봉·가춘운·계섬월·적경홍·심의연·백릉파 등의 전신. 이들이 육관대사의 고제인 성진과 놀았다는 것이다.

어찌 죽은 후에 기약이 없으랴.

너는 죽어서 무엇이 될꼬 하니

너는 죽어서 글자가 되려무나.

따 지 자, 그늘 음 자, 아내 처 자에 계집 녀 자 변이 되고

나는 죽어서 또한 글자가 된다.

하늘 천 자, 하늘 건 자, 지아비 부 자, 사내 남 자에 아들 자 자 몸이 되어

계집 녀 변과 딱 붙이면 좋을 호(好) 자가 될 것이다.

이렇게 만나 보자.

사랑 사랑 내 사랑아.

또 너는 죽어 무엇이 될꼬 하니

너는 죽어서 물이 되려무나.

은하수·폭포수·만경의 푸른 바닷물, 맑은 시내의 물, 옥 시내의 물, 한가닥 긴 강물 다 그만 두고

7년 가뭄에도 항상 괴어 있는 음양수라는 물이 되라.

나는 죽어서 새가 된다.

두견새도 될 게 아니다.

요지[6]의 청조·백학이니 큰 붕새[7] 같은 것 되지 말고

---

6) 瑤池→주목왕이 서왕모와 잔치하던 곳.
7) 大鵬→장자에 나오는 이상적인 큰 새.

쌍쌍이 가고 쌍쌍이 와서 서로 떠날 줄 모르는 원앙새란 새가 되어

푸른 물에 노는 원앙처럼 둥둥 떠돌아 다니면서 놀거든 낸 줄 알아라.

사랑 사랑 내 고운 사랑아.

19

춘향이더러 죽어서 음양수가 되라고 사랑가를 부르자 춘향은,

"나는 그건 안 되겠어요."

하고 반대한다.

이리하여 이도령의 사랑가는 다시 계속된다.

그러면 너는 죽어서 될 것이 있다.

너는 죽어서 경주의 봉덕사 에밀레종도 되지 말고

전주에 있는 인경도 되지 말아라.

송도의 인경도 되지 말고

서울 종로 네거리의 인경이 되어라.

나는 죽어서 인경 치는 망치가 되어

33천과 28수에 의해서, 질마재에 봉화가 세 자루 꺼지고

남산의 봉화도 두 자루 꺼지거든

인경 치는 첫마디 소리, 그저 땡땡칠 때마다
남들이 듣기에는 그저 인경 치는 소리로만 알아도
우리들 마음 속으로는
춘향 땡, 이도령 땡이라.
칠 때마다 둘이 만나보자꾸나.
사랑 사랑 내 어여쁜 사랑아!

그러나 춘향은 또,
"난 그것도 안 되겠어요."
하고 반대한다.
이도령은 다시 사랑가를 계속한다.

그러면 너는 죽어서 될 게 있다.
너는 죽어서 방아의 확이 되고,
나는 죽어서 방아공이가 되자.
경신년 경신월 경신일 경신시에 강태공이 만든 방아[1],
떨거덩 떨거덩 찧거든 나인 줄 알아다오.
사랑 사랑 내 사랑아!

춘향은 듣고 있다가 말한다.
"싫어요. 나는 그것도 되지 않겠어요."

---

1) 庚申年→우리 고래 풍습에 動土를 막기 위하여 방안의 한 쪽 끝 잘 보이는 곳에, 「庚申年庚申月庚申日庚申時姜太公造作」란 17자를 쓴다. 姜太公이란 주의 영상이다.

"어째서 그러느냐."

"나는 어찌해서 늘 이생에서나 저생에서나 밑으로만 놀란 말이오. 재미 없어 싫습니다."

"허허! 그렇다면 네가 죽어서 위로 가게 해주마. 너는 죽어서 맷돌의 위짝이 되고 나는 죽어서 밑짝이 되기로 하자. 그리하여 16세 젊은 남녀의 얼굴 아름다운 사람을 시켜 옥같이 가늘고 고운 손으로 맷손을 잡고 슬슬 두르게 하자. 그리하여 하늘은 둥글고 땅은 모진 것처럼 휘휘 돌아가거든 그게 낸 줄 알아라.

"싫어요. 그것도 나는 안 될테요. 위로 생겨나는 것이 어찌 그것뿐이겠어요? 무슨 원수로 한평생 두고두고 항상 구멍이 하나 더하단 말이오? 나는 싫어요."

여기에서 이도령은 다시 사랑가를 계속한다.

그렇다면 네가 죽어 될 것이 있다.
너는 죽어 명사십리의 해당화가 되고
나는 죽어서 나비가 되자.
나는 네 꽃송이 입에 물고
너는 내 수염을 물고
봄바람 건듯 불 때면
너울너울 춤추면서 놀아보자.
사랑 사랑 내 사랑아!
내 아리따운 사랑이지.

이리 보아도 내 사랑.
저리 보아도 내 사랑.
이것이 모두 내 사랑 같다면
사랑 걸려서 살 수가 있나.
어허 둥둥 내 사랑
내 예쁜 내 사랑이야!

방긋방긋 웃는 것은
꽃 중의 왕 모란꽃이
하룻밤 가는 비 온 뒤에 반쯤 피려고 웃는 모습.
아무리 보아도 내 사랑.
내 고운 내 사랑이로구나.

사랑가를 끊고 이도령은 다시 춘향에게 말한다.

"그러면 이제 어찌하잔 말이냐. 너와 내가 정이 있으니 정 자를 가지고 놀아보자. 같은 음을 따다가 정 자로 노래를 불러보자."

"어디 들어보지요."

내 사랑아! 이 노래 들어라.
너와 내가 정이 있으니 어찌 아니 다정하랴.
맑고 맑은 장강의 물은
유유히 멀리 떠나는 손의 정일세.

하숫다리 위에 서로 보내지 못하니
강둑에 있는 나무도 멀리 정을 먹음었네.
그대를 남쪽 포구로 보내려니 정을 참을 수 없어라.
그 누가 나 보내는 정을 보지 못했으리.
한나라 태조 때 희우정(喜雨亭)[2]
삼정승·육판서·백관 들의 조정.
도장이 청정.
각씨의 친정.
친구간의 통정.
어지러운 세상을 평정.
우리 두 사람의 천 년 인정.
달 밝고 별은 드문데 소상강 동정.
세상 만물의 조화정.
근심 걱정.
소장으로 호소하는 원정.
뇌물 보내는 인정.
음식 투정.
복 없는 저 방정.
송정(訟庭).
관정(官庭).

---

2) 喜雨亭→蘇軾의 喜雨亭記에 나온다. 다만 「정」이란 음이 같기 때문에 여기에 말한 것. 이 아래 여러 가지 「정」도 마찬가지다. 즉 청정·통정·평정·인정·동정·조화정·걱정·원정·인정·투정·방정·송정·관정·내정·외정·애송정·천양정 그밖의 허다한 정이 모두 그런 예이다.

내정(內情).
외정(外情).
애송정(愛松亭).
천양정(穿楊亭).
양귀비의 침향정(沈香亭)
아황·여영의 소상정.
한송정(寒松亭).
백 가지 꽃 만발한 호춘정(好春亭).
기린봉에 달 돋아오르는 백운정(白雲亭).
너와 나와 만난 정.
한 정과 실지의 정을 의논하자면
내 마음은 원형이정(元亨利貞)[3].
네 마음은 한 조각 맡긴 정.
이같이 다정하게 지내다가
만일 정을 깨치는 일이 있으면
정 끊어질까 걱정되니
진정으로 원정하자는 바로 그 정 자일세.

20

그제야 춘향은 좋아라고 이도령을 보고 말한다.
"정에 대해선 도저하게 아시는군요. 이번에는 우리집

3) 元亨利貞→易經에 乾之亨利貞이라 했다. 크고 통달하고 알맞고 곧다는 뜻이다.

에 재수가 있게 안택경(安宅經)[1]이나 좀 읽어주시오."

이도령은 껄껄 웃더니 말한다.

"그뿐인 줄 아느냐. 또 있다. 이번에는 궁(宮) 자 노래를 부를테니 들어봐라."

"아이구. 참 얄궂고도 우습군요. 궁 자 노래가 무엇인가요."

"네 들어봐라. 좋은 말이 많을 것이다."

좁은 천지는 개태궁.

뇌성 벽력 풍우 속에 서기와 해와 달과 별이 품겨 있는 엄숙하고 웅장한 창합궁[2].

성덕이 넓으시어 백성에게 임하시니 주지 육림 이루던 주왕의 대정궁.

진시황의 아방궁.

천하 얻은 원인을 물은 한태조의 함양궁.

그 곁에 있는 장악궁.

반첩여의 장신궁.

당명황의 상춘궁.

이쪽으로 올라가면 이궁[3].

저쪽으로 올라가면 별궁[4].

---

1) 安宅經→택신의 안정과 재수 형통을 위해서 읽는 경문.
2) 閶闔宮→대궐 문.
3) 離宮→행궁.
4) 別宮→왕이나 왕세자의 가례 때 빈을 맞아 들이던 궁.

용궁 속에 있는 수정궁.
월궁 속의 광한궁.
너와 나와 합궁하니
한평생 무궁하다.
이궁 저궁 다 버리고
네 두 ×× 사이 수룡궁(水龍宮)[5]에
내 심줄로 된 ×××로 길을 내놓자.

춘향이 듣고 있다가 얼굴이 붉어지면서 말한다.

"그런 잡담은 하지 마세요."

"그게 잡담이 아니다. 춘향아! 우리 둘이서 업음질이나 해 보자."

"아이고 참 잡스러워라. 업음질을 어떻게 한단 말입니까?"

이도령은 업음질을 많이 해본 듯이 말한다.

"업음질이란 천하에 쉬운 것이다. 너와 내가 옷을 활활 벗고, 업고서 놀고 안고서 놀면 그게 업음질이 아니냐."

"아이고 나는 부끄러워서 못 벗겠습니다."

"에라. 요계집애 안 되겠다. 내가 먼저 벗으마."

이도령은 버선 벗고, 대님, 허리띠 끄르더니 바지, 저고리 활활 벗어 한편 구석으로 밀어놓고 방 가운데

---

5) 水龍宮→여자의 자궁을 말함.

우뚝 선다.

춘향은 그 꼴을 보고 부끄러워 돌아선다.

"영락없는 낮도깨비 같소."

그러나 이도령은 화도 내지 않는다.

"오냐. 네 말이 옳다. 천지간 만물이 짝 없는 게 없는 법이다. 두 도깨비가 놀아보자."

"그러면 불이나 끄십시오."

"불이 없으면 무슨 재미가 있단 말이냐. 잔말 말고어서 벗어라."

"에그 나는 싫어요."

이도령이 춘향의 옷을 벗길 수밖에 없다.

잡히지 않으려는 춘향을 넘놀면서 어른다.

마치 첩첩 산중에서 늙은 범이 살진 암캐를 물어다 놓고서 이가 없어 먹지는 못하고 으르렁거리면서 어르는 격이다.

북해의 흑룡이 여의주를 입에 물고 구름 사이를 넘노는 듯도 하다.

단산(丹山)[6]의 봉황새가 대나무 열매를 물고 오동나무 사이를 넘노는 듯도 하다.

또 높은 언덕에서 우는 학이 난초를 물고서 늙은 소나무 사이를 넘노는 듯도 하다.

---

6) 丹山→단혈산. 산해경에 보면, 「丹穴之山有鳥 狀如鶴 五色而文 名曰鳳」이라 했다.

이렇게 춘향의 가느다란 허리를 후려다가 덥석 안고 기지개를 켠다.

그리고 춘향의 귀와 입술에다 애무하기 시작한다. 5색으로 단청하고 순금으로 만든 장롱 안에 쌍으로 날아가고 쌍으로 날아오는 비둘기 모양으로, 주홍빛 혀를 물고서 꿍꿍꿍꿍 흥흥거리면서 뒤로 돌려 덥석 안아본다.

젖가슴을 안고 발발 떠는 춘향의 저고리·치마·바지·속곳까지 활활 벗겨 놓는다.

춘향은 부끄러워서 한쪽으로 몸을 도사리고 앉는다.

이도령은 답답해졌다.

가만히 춘향의 얼굴을 살펴보니 불그레하여 구슬땀이 맺혀 있다.

21

이도령은 다시 말한다.

"이애 춘향아! 이리 와서 업혀라."

그러나 춘향은 또 부끄러워한다.

"부끄럽기는 무엇이 부끄럽단 말이냐. 기왕에 다 아는 터이니 어서 와서 업혀라."

이도령은 춘향을 업고 추스른다.

"앗따. 그 계집애 똥집 몹시도 무겁구나. 네가 내 등에 업히고 나니 마음이 어떠냐?"

"하늘 끝가게 마음이 좋군요."

"정말 좋으냐?"

"참 좋아요."

"나도 좋다. 좋은 말을 내가 할테니 너는 대답만 해라."

"하는 말씀에 대답할 테니 어서 해 보세요."

이리하여 이도령의 좋은 말의 문답이 또 시작된다.

"네가 금이지?"

춘향이 대답한다.

"금이란 당치 않습니다. 8년 동안 서로 풍진을 겪고 싸우던 초한시절에 여섯 번 기계를 낸 진평(陳平)이 범아부(范亞父)[1]를 잡으려고 황금 4만 냥을 흩였으니 금이 어찌 남아 있겠습니까."

"그러면 진옥이냐?"

"옥이란 또 당치 않습니다. 만고의 영웅인 진시황이 형산(荊山)에서 옥을 얻어서 이사(李斯)의 글씨로, 「하늘에서 명을 받았으니, 이미 수하고 길이 창성하리라」고 옥새를 만들어 만대에 전했으니 어찌 옥이 된단 말입니까."

---

1) 范亞父→이름은 增. 항우의 신하. 항우와 범증의 사이를 이간시키고자 한왕은 진평을 시켜 황금 4만 냥을 흩어 계교를 썼기 때문에 마침내 항우는 범증을 의심하기 시삭하여 범증은 고향으로 돌아가 병으로 죽었다.

"그러면 네가 무엇이냐. 해당화냐?"

"해당화란 또 당치 않습니다. 명사십리도 아닌데 어찌 해당화가 되겠습니까."

"그러면 네가 무엇이냐. 밀화냐. 금패냐. 호박이냐. 아니면 진주냐?"

"아니오. 그것도 당치 않습니다. 그것은 삼정승·육판서·대신·재상·8도 방백 수령님네의 갓끈이나 풍잠(風簪)[2]으로 다 쓰고, 남은 것은 또 경향의 일등 명기들의 가락지를 수없이 만들었으니 호박이나 진주가 될 수 없지요."

"그러면 네가 대모냐, 산호냐?"

"아니오. 그것도 나는 아닙니다. 대모는 칸 넓은 병풍을 만들었고, 산호로는 난간을 만들어, 광리왕(廣利王)[3] 상량문의 수궁 보물이 되었으니 대모나 산호가 될 수 없지요."

"너는 그럼 반달이냐?"

"반달이라니 당치 않습니다. 오늘밤이 초생이 아닌데 저 푸른 하늘에 돋는 명월이 어찌 이몸이겠습니까."

"네가 그럼 무어란 말이냐. 나를 홀리려는 불여우냐. 너의 어머니가 너를 낳아 곱게곱게 길러 내어서 나 만

---

2) 風簪→망건. 앞이마에 다는 장식.
3) 廣利王→ 瞿佑의 水宮慶會錄에 보면, 「力士二人 自外而入 致敬拾前日 廣利王奉邊」라 했다.

나면 홀려 먹으라고 생겼단 말이냐. 사랑 사랑이여! 내 어여쁜 사랑이야. 네가 무엇을 먹으려느냐. 생률을 먹으려느냐. 숙률을 먹으려느냐. 둥굴둥굴한 수박을 대모장도칼로 웃봉지 떼고, 강릉 꿀을 주룩 부어서 은수저로 떠서 붉은 속 한점을 먹으려느냐?"

"아니오. 나는 그것도 싫소이다."

"그럼 무얼 먹으려느냐. 시큼털털 개살구를 먹으려느냐?"

"아니오. 나는 그것도 싫어요."

"그럼 무엇을 먹으려느냐. 돼지를 잡아 주랴. 개를 잡아 주랴. 내 몸을 통째로 먹으려느냐?"

"여보시오. 도련님. 내가 사람 잡아먹는 것 보셨소?"

"에라. 이것 안 되겠구나. 어화 둥둥 내 사랑이지."

22

"이애, 그만 내려라. 백 가지 만 가지 일이 품앗이라는 것이 있게 마련이다. 내가 너를 업었으니 너도 나를 업어야지."

"아이고. 도련님은 기운이 세어서 나를 업었지만, 나는 기운이 없어서 업지를 못하겠습니다."

"기운이 없어도 업는 수가 있다. 나를 추켜 업을 생각 말고 발이 땅에 닿도록 낮게 하여 뒤로 젖힌 듯이 업어다오."

이렇게 춘향이 이도령을 업고 추켜 올리고 보니 대중이 틀렸다.

춘향은 부끄러워,

"에그 잡스러워라."

하는데, 이도령은 이리 흔들 저리 흔들 하면서 말한다.

"내가 네 등에 업혀서 노니 네 마음이 어떠냐. 나도 너를 업고 좋은 말을 했으니, 너도 나를 업고 좋은 말을 해야지."

"그럼 나도 좋은 말을 할테니 들어보시오. 등에 부열(傅說)[1]을 업은 듯도 하고, 여상[2]을 업은 듯도 합니다그려. 가슴 속에 큰 계획을 품었으니 이름이 한 나라에 가득 차는 대신이 되고, 국가의 중임을 맡은 정승과 충신이 되오리다. 사육신[3]을 업은 듯, 생육신[4]을 업은 듯, 일선생·월선생[5]·고운선생[6]을 업은 듯, 제봉고 경명을 업은 듯, 요동백 김응하를 업은 듯, 송강 정

---

1) 傅說→은나라 武丁을 도와 중흥시킨 賢相.
2) 呂尙→강태공. 앞에 나와 있다.
3) 死六臣→조선왕조 단종 때의 충신. 성삼문·박팽년·이개·하위지·유성원·유응부.
4) 生六臣→조선왕조 단종 때의 생육신. 김시습·조여·남효온·이맹전·성담수·원호.
5) 日先生·月先生→미상.
6) 孤雲→최치원.

철을 업은 듯, 충무공 이순신을 업은 듯, 우암 송시열·퇴계 이황·사계 김장생·명재 윤증을 업은 듯, 이게 내 서방이지. 알뜰히 고운 내 서방일세. 진사에 급제하고 계속하여 바로 주서에 부임하여 한림학사가 된 뒤에 부승지·좌승지·도승지로 차차 올라 정삼품 당상관이 되어 팔도 방백을 지내고 나서 다시 내직으로 규장각에 들어가 대교를 지내어 정승 제목을 뽑고, 다시 대제학·대사성·판서·좌의정·우의정·영의정을 겪어, 규장각 벼슬까지 한 뒤에 내직 삼천 가지, 외직 팔백 가지를 다 치를 나라의 근본이 될 내 서방. 알뜰하게 고운 내 서방이지."

이렇게 수다를 떨면서 춘향은 제 손수 몸을 문질러 댄다.

이도령이 듣고 있다가 말한다.

"인제 그만 우리 둘이서 말 놀음이나 해 보자."

"아이구 참 우스워라. 말 놀음이 어떻게 하는 거요?"

이도령은 말 놀음을 많이 해 본 듯이 말한다.

"그거야 천하에 쉬운 일이지. 너나 내가 발가벗은 판에 너는 온 방바닥을 기어서 다녀라. 그러면 나는 네 궁둥이에 딱 붙어서 네 허리를 잔뜩 껴안고 볼기를 내 손바닥으로 탁 치면서, 「이랴!」 하거던 너는 「흐흥!」 하고 조금 물러서는 척하다기 앞으로 뛰어라. 야무지게 뛰기만 하면 탈 승(乘) 자 노래가 나올 것이다."

이리하여 이도령은 또 탈 승 자 노래를 부른다.

타고 놀자 타고 놀자.

헌원씨(軒猿氏)[7]가 군기 쓰는 것을 연습하고

큰 안개를 지어 치우(蚩尤)[8]를 탁녹야(涿鹿野)에서 사로잡고

전승고를 울리면서 전차를 높이 타고

하우씨는 9년 동안 치수할 제

육지에 다니는 수레 높이 타고

적송자는 구름을 타고

여동빈(呂洞賓)[9]은 백로를 타고

이태백은 고래를 타고

맹호연(孟浩然)[10]은 나귀 타고

태을선인은 학을 타고

중국 천자는 코끼리 타고

우리 임금은 연을 타고

삼정승은 평교자 타고

육판서는 초헌 타고

---

7) 軒猿氏→중국 고대 五帝의 하나인 黃帝. 그는 처음 군기를 만들어 썼고, 또 呼風喚雨하는 도술이 있어 안개를 지었다는 것임.

8) 蚩尤→헌원씨 때 제후로서 난을 일으킴으로 이를 탁녹야에서 무찔러 사로잡았다.

9) 呂洞賓→당나라 때 선인 여암객. 동빈은 그의 자.

10) 孟浩然→당나라 때 시인.

훈련대장은 수레 타고
각 고을 수령은 독수레 타고
남원부사는 별연[11] 타고
해 저문 강가에 고기잡이 늙은이는 일엽편주 타고
나는 탈 것 없으니
이밤 삼경 깊은 밤에
춘향의 배를 넌지시 타고
홑이불로 돛을 달고
내 ××로 노를 저어
오목섬으로 들어간다.
순풍에 음양수를 시름없이 건너갈 제
말 삼아 타는 것이라면 걸음걸이가 없을까보냐.
마부는 내가 되어
네 고삐를 넌지시 잡을테니
발을 자주 떼 놓다가 거칠게도 걷고
종종걸음도 치다가
날랜 말 뛰듯이 뛰려무나.

이렇게 온갖 장난을 다하고 보니 이런 장관이 또 있을 수 없다. 16세와 16세 둘이 만나서 맺힌 마음이라 세월가는 줄도 모른다.

---

11) 別輦→제왕의 연과 다르게 만든 수레.

23

이것은 그 후 얼마가 지난 어느날의 일이다.

이때 이도령이 아직도 춘향의 방에 있노라니 불시에 방자가 와서 아뢴다.

"도련님! 사또께서 부르십니다."

도련님은 급히 사또 앞으로 나갔다.

"여봐라. 서울에서 동부승지(同副承旨)[1]로 임명하는 교지가 내려왔다. 나는 문부를 정리하고 뒤에 갈 것이니 너는 식구를 데리고 내일로 떠나도록 해라."

이도령은 아버님의 말을 들으니 한편으로는 반가우나 한편으로는 춘향 생각을 하니 가슴이 메어진다.

사지의 맥이 탁 풀리고, 간장이 녹는 것만 같다. 두 눈에서 더운 눈물이 쏟아져 얼굴을 적신다.

사또는 이것을 보고 놀란다.

"너는 왜 우느냐. 내가 한평생 남원에서 살 줄 알았더냐. 이제 내직으로 승진된 것이니 섭섭히 생각지 말고 오늘부터 올라갈 차비를 급히 차려 내일 오전 중으로 떠나도록 해라."

이도령은 겨우 대답을 하고 사또 앞에서 물러나와 내아로 들어갔다.

---

1) 同副承旨→왕명을 출납하는 벼슬로서 도승지·좌승지·우승지·좌부승지·우부승지·동부승지. 각 1명씩이 있다.

사람은 그 누구나 자기 어머니에게는 허물이 적은 법이다.

이도령은 춘향의 말을 울면서 청해 봤다. 그러나 어머니로부터 꾸중만 실컷 듣고 밖으로 나와서, 춘향의 집을 찾아가는 것이다.

생각할수록 기가 막혀서 견딜 수가 없다. 그렇다고 길에서 울 수도 없다.

참고 견디려니 속에서는 마치 두부장이 끓듯한다.

춘향의 집 문 앞에 당도했다.

이제껏 속에 두고 참았던 울적한 마음이 한꺼번에 터져 나온다.

마치 통 속에 넣어 두었던 물이 일시에 터져 나오는 것과도 같다.

"어푸어푸 어허허!"

춘향은 깜짝 놀란다. 왈칵 뛰어 내려서 묻는다.

"에그머니나. 이게 웬일이시오. 사또님께서 꾸중을 내리셨나요. 오시는 길에 무슨 분한 일을 당하셨나요. 서울서 무슨 기별이 왔다더니 집안에 초상이 나셨나요. 점잖으신 도련님께서 이게 웬일이시오."

춘향은 도련님의 목을 덥석 끌어 안더니 치맛자락으로 얼굴에 흐르는 눈물을 이리저리 씻어 준다.

"도련님. 울지 마시오. 울지 마시오."

울음이란 말리는 사람이 있으면 더 울게 마련이다.

이도령은 기가 막혀서 더 울고 있다.

춘향은 영문을 몰라 화를 낸다.

"여보시오. 도련님. 그 입 보기도 싫소이다. 그만 울고 무슨 일인지 내력이나 말해 보시오."

이도령은 비로소 입을 연다.

"사또께서 동부승지가 되셨단다."

춘향은 좋아라고 신이 났다.

"그럼 댁에 경사가 나셨네요. 그런데 왜 우신단 말이오."

이도령은 답답하기만 하다.

"내가 너를 버리고 가게 되었으니 내가 어찌 답답하지 않겠느냐."

"아니 그럼 남원 땅에서 평생 사실 줄 아셨나요. 그리고 어찌 나와 함께 가기를 바란단 말이오. 도련님이 먼저 올라가시면 나는 여기 남아서 팔 물건 팔아가지고 뒤에 올라갈 것인데 무슨 걱정이란 말이오. 내 말대로 했으면 군색지 않고 좋을 것이오. 또 내가 올라가더라도 도련님의 큰 댁으로는 가서 살 수 없을 것이오. 큰댁 가까이 조그만 집에 방이나 두어 개 마련하면 족할 것이오. 그런 집이나 염탐해서 사 두시오. 그리고 우리 식구가 가더라도 공밥은 먹지 않을 것이니, 그럭저럭 지내면 될 것이오. 또 도련님은 나만 믿고 장가가지 않을 수 있나요. 부귀가 겸한 재상집의 얌전한 규수를 가려서 혼인해 가지고 부모님께 아침 저녁 문안을 드리더라도 나를 아주 잊지는 마시옵소서. 도련님께서 과거에 급제하시어 외직으로 나가시게 되면 새로 급제한 사람의 첩이라고 해서 데리고 가시면 누가 무어라 말하겠습니까. 그렇게 알아서 처리하십시오."

그러나 이도령은 더욱 가슴이 답답하다.

"그거야 다 이를 말이냐. 하지만, 지금 사정이 이렇기로 네 말을 사또께는 여쭙지 못하고 어머님께 여쭈었더니 꾸중이 대단하시더구나. 그리고 하시는 말씀이, 「양반집 자식이 부형을 따라서 시골에 왔다가 화류계의 첩을 얻어서 데려간다는 것은 네 앞날에도 해로울 뿐이 아니라, 조정에 나가서 벼슬도 못한다.」 하시는구나. 그러니 불가불 이별이 될 수밖에 없다."

24

춘향은 이 말을 듣더니 화를 발끈내어 얼굴빛까지 변한다. 머리를 흔들고 눈을 휘두르면서 안색이 붉으락 푸르락한다.

눈을 치켜 뜨면서 눈썹이 꼿꼿해진다. 코가 벌름벌름하고, 이를 뿌드득 간다. 온몸을 수수잎 떨듯한다.

마치 매가 꿩이라도 채갈 듯이 도사리고 앉더니 갑자기 소리를 지른다.

"허허! 이게 웬말이오."

벌떡 일어나더니 치맛자락을 쭉 찢고, 머리카락을 두 손으로 와드득 쥐어 뜯어서 싹싹 비비더니 도련님 앞에 내던진다.

"무엇이 어쩌고 어째요? 허허! 이것도 다 쓸 데 없다."

면경·체경·산호로 만든 죽절을 모두 팽개쳐 방 문 밖에 탕탕 부딪친다.

발로 동동 구르다가 손뼉도 쳐보더니 돌아앉아서 탄식하는 노래를 부르는 것이다.

서방 없는 이 춘향이가
세간살이는 두어 무엇하랴.
단장은 해서 누구 눈에 예쁘게 뵈랴.
몹쓸년의 팔자로구나.
이팔청춘 젊은 몸이,
이별될 줄 누가 알았으랴.
아까운 이 내 몸을
허망한 말씀으로 속여
앞날 신세 버렸구나.
아이고 아이고 내 신세야.

자탄가를 부르다가 춘향은 천연스럽게 돌아앉아 이

도령을 쳐다본다.

"여보시오. 도련님! 지금 하신 말씀이 참 말씀이오? 농으로 한 말씀이오? 우리 둘이 처음 만나서 백년가약을 맺을 적에 대부인이나 사또께서 시켜서 한 일이던가요? 지금 와서 부모 핑계가 웬일이오? 광한루에서 나를 잠깐 만나 보고 내 집에 찾아와서 아무도 없는 캄캄한 3경 밤에 한 일이 생각나시오? 그때 도련님은 저기 앉고 나는 여기 앉았을 적에 도련님은 나더러 무어라고 하셨지요? 구망불여천망이오, 신망불여천망이라고 하셨지요. 지난 해 5월 단오날 밤에 내 손길을 붙잡고 밖으로 데리고 나와서 초당 난간에 서서 맑고 깨끗한 하늘을 천 번이나 가리키면서 만 번이나 맹세하셨지요. 나는 그 말씀을 정녕 믿었던 것인데 이제 나를 뚝 떼어버리고 가신다니 이팔청춘 젊은 몸이 낭군 없이 어떻게 산단 말이오? 캄캄한 빈 방에 가을 밤은 긴데 낭군 생각하는 시름 어떻게 한단 말입니까. 아이고 아이고 내 신세 어찌할까. 모질고도 모집니다. 도련님의 마음이야 참으로 모집니다. 그리고 서울 양반은 독하기도 합니다그려. 원수로구나. 신분의 높고 낮은 귀천의 구별이 원수로구나. 천하에 제일 다정한 것은 부부간의 정보다 더한 것이 있겠습니까. 그런데 세상에 독한 양반이 도련님밖에 또 있겠습니까. 애고애고 내 일이 낭패로구나. 여보시오. 도련님! 이 춘향의 몸이 천하다고 해서 함부로 버리면 그만인 줄 아시오? 이 박명한 춘향이가 밥맛이 없어서 밥을 먹지 못하고, 자리가 편안치 못해서 잠을 못 자면 앞으로 며칠이나 살 것 같습니까. 낭군 생각하다가 그만 병이 들어서 애통해하다가 죽는 날이면 그 원망하는 내 혼신이 원귀가 될 게 아닙니까. 그렇게 되면 존귀하신 도련님에게 재앙이 가지 않겠습니까. 사람의 대접을 그렇게 하는 법이 있습니까. 사람을 천거하는 법이 그럴 데가 어디 있습니가. 애고 죽고 싶다. 애고애고 슬픈 일이로구나."

25

춘향은 한동안 이렇게 자탄하면서 울고 있었다.

이때 춘향의 모친은 영문도 모르고 자기 방에서 춘향과 이도령의 떠드는 소리를 듣고 혼자 중얼거린다.

"에그 저것들이 또 사랑 싸움이 났구나. 에 참 그것들 듣기 아니꼽다. 눈 구석에 쌍으로 가랫돗 설 일 많이 보게 생겼구나."

그러나 아무리 들어도 울음 소리가 그치지 않고 길게만 난다.

춘향 모친은 하던 바느질을 밀어놓고 밖으로 나왔다. 춘향의 방 창문 밑으로 가만가만 걸어가면서 방에서 하는 수작을 듣자니 아무래도 이별하는 장면이 틀림없다.

"허허! 이것 참 별일 다 났구나."

두 손바닥을 땅땅 마주치면서 소리를 지른다.

"허허! 이것 참 야단났네. 동네 사람들 다 들어보시오. 오늘 우리집에 사람 둘이 죽게 생겼네."

이칸 마루에 올라서서 춘향의 방 영창 문을 드르륵 열고 우르르 달려 들더니 주먹을 불끈 쥐고 춘향을 견준다.

"너 이년. 썩 죽어라. 살아서 아무 쓸 데가 없다. 너 죽은 시체라도 저 양반이 지고 가게 어서 죽어라. 저 양반 올라간 뒤에 누구 간장을 녹일라느냐. 이년아! 말 들어봐라. 내가 항상 이르기를, 「뒷날에 후회하지 말고 아예 도도한 마음 먹지 말라고 타일렀지. 보통 민간 사람 가려서 집 형세나 지체가 너와 같고, 재주와 인물이 모두 너와 같은 사람을 가려 봉황의 짝을 얻으라고 그랬지. 그런 사람을 만나서 내 눈 앞에서 노는 것을 내가 봤으면 너도 좋은 일이고 나도 좋았을 것이 아니냐. 그런데 네년이 마음이 도도해서 보통 사람과 다르더니 결국에 와서 잘 되었구나."

주먹으로 땅을 치면서 이번에는 도련님 앞으로 달려든다.

"나하고 말 좀 해 봅시다. 내 딸 춘향이를 버리고 가겠다니 춘향이한테 무슨 죄가 있어서 그러는 거요? 춘향이 도련님을 모신 지 겨우 1년이 되었는데 행실이 그르더란 말이오, 예절이 잘못되었더란 말이오, 바느질을 잘못해서 그러는 게요, 말이 불순해서 그러는 거요. 잡스러운 행실을 가져서 화류계 생활을 하였단 말이오. 대체 무엇이 그르단 말이오. 도대체 이 봉변이 웬 일이란 말이오. 군자가 아내를 버리는 법이 칠거지악(七去之惡)[1]이 아니면 못 버리는 것을 모르시오. 내 딸 춘향 저 어린것을 밤낮으로 도련님이 사랑할 적에, 앉아서나 서서나, 누워서나, 언제나 백 년 동안 3만6천 일을 한 번도 떠나서 살지 말자고 밤낮으로 어르더니 이제 와서 가실 적에는 저것을 뚝 떼놓고 가신단 말이오. 버들가지가 제아무리 천만 가지 늘어졌어도 가는 봄바람을 잡지는 못하는 법이오. 꽃 떨어지면 나비도 다시 찾아오지 않는 법이오. 백옥같이 곱던 내 딸 춘향의 꽃같이 귀중한 몸도 세월이 가면 늙어져서 붉던 얼굴이 흰 터럭이 나면 때는 다시 오지 않는 법이오. 다시 젊어지지는 못하는 법이오. 그런데 내 딸이 무슨 죄가 그렇게 중해서 백 년을 헛되이 보내란 말이오? 도련님이 가신 뒤에 춘향이가 낭군을 그리워할 때, 달 밝은 3경 밤에 첩첩이 쌓인 수심을 어린것이 어찌 참으

---

1) 七去之惡→여자에게 있어 일곱 가지 버릴 죄악. 즉 부모에게 순하게 하지 않음. 자식을 낳지 못함. 음란한 행실. 질투하는 버릇. 고칠 수 없는 나쁜 병이 있음. 입버릇이 고약함. 도둑질을 하는 것 등이다.

란 말이오. 초당 앞 뜰 위에 담배나 피워 입에 물고 이리저리 다니다가 불꽃 같은 낭군 생각이 가슴 속에서 솟아나면 손을 들어 눈물을 씻고, 「후유!」 한숨을 쉬면서 북쪽 하늘을 가리키고, 「한양에 계신 우리 도련님도 나처럼 나를 그리워하실까. 아니지. 무정하게 한 장 편지조차 없으니 이를 어찌한단 말이냐.」 할 게 아니오. 긴 한숨 끝에 눈물이 흘러 얼굴의 단장 다 적시고 나서 제 방으로 들어가 옷도 벗지 않고 외로운 베개 위에 벽만 안고 홀로 누워서 밤낮으로 탄식만 할 것이니 이게 병이 아니고 무엇이겠소? 이렇게 신음하다가 상사병이 깊이 들어 고치지 못하고 원통하게 죽는 날이면 이 70이 된 늙은 어미는 어찌 된단 말이오. 딸도 잃고 사위도 잃어서 마치 태백산 갈가마귀가 개발을 물어다 던진 것처럼 외로운 한 몸뚱이가 될 것이니 누구를 믿고 산단 말이오. 여보시오. 남의 못할 일 그렇게 하지 마시오. 아이고 아이고 슬픈 일이다. 그러나 그렇게는 못할 거요. 몇 사람의 신세를 망치려고 춘향이를 안 데려가지는 못할 거요. 도련님 대가리는 돌로 뭉쳐졌소? 아이고 무서워라. 이 쇳덩이 같은 양반아!"

26

춘향 모친은 이도령에게로 왈칵 달려든다. 그대로 내

버려 두었다가는 무슨 일이 생길지 알 수가 없다.

그보다도 이 소문이 만일 사또의 귀에 들어가는 날에는 큰 야단이 날 게 뻔한 일이다.

이도령은 슬며시 눙치는 길밖에 달리 도리가 없다고 생각했다.

"여보 장모! 춘향이만 데려가면 그만 아니겠는가."

"그럼 춘향일 안 데려가고 견디어 낼 줄 아시오."

"너무 서둘지 말고 여기 앉아서 말 좀 듣게. 춘향이를 데려간다 해도 가마나 쌍교자나 말을 태워가지고 가자니 필경은 이 말이 아버님 귀에 들어갈 것일세. 그러니 그렇게는 할 수가 없고, 내가 이 기막힌 중에도 꾀 하나를 생각하고 있네만 이 말을 입밖에 냈다가는 이것은 비단 양반의 망신만 하는 것이 아니라, 우리 선조양반들까지 모두 망신을 할 말이어서 차마 할 수가 없네."

"무슨 말이 그다지도 어려운 말이 있단 말이오."

이도령은 차마 할 수 없는 말을 간신히 입밖에 낸다.

"내일 내행이 나오실 때, 내행 뒤에 사당이 나올 터인데 사당 배행은 내가 할 것일세."

"그래서 어찌 한단 말이오."

"그만하면 알 게 아닌가."

"알다니? 나는 그 말 못 알아 듣겠소."

"신주는 모셔 내다가 내 창옷[1] 소매 속에 모시고,

춘향은 요여(腰輿)[2]에 태워가지고 갈 수밖에 달리 도리가 없네. 그렇게 하면 될 것이니 아무 염려 말게."

그러나 춘향은 이 말을 듣고 도련님을 물끄러미 쳐다보다가 모친에게 말한다.

"어머니, 그만 두시오. 도련님을 너무 조르지 마시오. 우리 모녀의 평생 신세가 도련님 손에 달렸으니 알아서 하라고 당부나 하시오. 그런데 이번에는 아마도 이별할 밖에 도리가 없을 것 같소. 이왕 이별인 바에 가시는 도련님을 왜 조르겠소마는 우선 갑갑해서 그러는 것이지요. 아이고 내 팔자야. 어머니는 그만 건넌방으로 가시오."

이번에는 도련님을 보고 또 한 마디 한다.

"내일에는 기어코 이별이 된단 말입니까. 아이고 내 신세야. 이 이별을 어찌 한단 말이오. 여보시오, 도련님! 속시원하게 말 좀 하시오."

"무슨 말을 하랴."

"여보. 정말로 이별이란 말이오."

춘향은 촛불을 돋우고 이도령과 마주 앉았다.

이도령은 춘향을 두고 갈 일을 생각한다. 요여에 태운다는 말은 하도 급해서 한 궁리이지 될 수 없는 일이다.

춘향은 이도령을 보낼 일을 생각한다. 정신이 아득하

---

1) 창옷→官員이나 또는 처사가 입던 웃옷의 일종.
2) 腰輿→혼백이나 신주를 모시는 소여.

여 한숨과 눈물이 저절로 난다.

목맺히게 울면서 얼굴도 대보고 수족도 만져 본다.

"인제 날 볼 날이 몇 밤이나 남았소. 애닲아하는 수작도 오늘밤이 끝장이로구려. 그러니 나의 슬픈 회포나 들어보시오. 이제 육순이 다된 우리 어머니가 일가친척 하나도 없이 다만 외동딸 나 하나밖에 또 있소? 그 외동딸 하나를 도련님에게 의탁시켜서 영화를 볼까 바랐던 것이오. 그런데 조물주가 시기했는지, 귀신이 방해를 하는지, 경우 이 지경이 되었구려. 애고애고 내 일이 왜 이렇게 되었단 말이오. 도련님 올라가시면 나는 누구를 믿고 산단 말이오. 천 가지 근심과 만 가지 한스러운 내 회포 밤낮으로 도련님 생각을 어찌할 것인가. 오얏꽃·복숭아꽃 모두 만발할 때 물가에 다니면서 즐기는 일 어찌 할 것이며, 국화 단풍철이 늦어갈 때, 그 갸륵한 절개 숭상하던 일 어찌할 것이오. 혼자서 빈 방을 지키려면 기나긴 밤에 이리 뒤척 저리 뒤척 잠 못 이루고 어찌 지낸단 말이오. 쉬는 것은 한숨뿐이오, 흐르는 것은 눈물뿐이 아니겠소? 적막한 강산에 달은 밝고 외롭게 들리는 두견새 소리를 어찌 들으리까. 서리 차고 바람 높은 밤에 짝을 찾는 기러기 소리 누가 금하오리까. 춘하추동 사시절에 첩첩으로 쌓인 경치를 보는 것도 모두 수심이오, 듣는 것도 모두 근심이 아니겠습니까?"

27

춘향은 계속하여 애고애고 슬프게 운다.

이도령은 춘향을 달랠 길이 없다.

"춘향아! 울지 마라. 옛 글에, 「임은 소관에 수자리 살고, 첩은 오나라에 있다(夫戍蕭關妾在吳)」라고 했다. 소관에 수자리 사는 남편이 그리워 오나라 여자들도 규중 깊은 곳에서 늙었느니라. 또 「관산에 계신 임은 머나먼 길이 얼마런가(征客關山路幾重)」 했다. 관산에 가 있는 남편이 그리워서 푸른 물 위에서 연꽃 따는 여인도 내외간의 새 정이 몹시 중하다가 가을밤 달 밝고 적막한 데에서 서로 생각했느니라. 그러니 내가 올라간 뒤에라도 창 앞에 달이 뜬다고 천 리 밖에 있는 내 생각 부디 하지 말아라. 너를 두고 가는 나도 하루 24시동안 잠시인들 어찌 무심하랴. 자! 울지 마라."

그러나 춘향은 또 운다.

"도련님은 올라가시면 꽃피는 봄바람에 끝없이 술에 취하실 것이오. 청루 찾아 집집마다 미인일 것이오. 곳곳에서 나는 풍악 소리는 가는 곳마다 꽃이요. 달일 게 아니겠소? 호색하시는 도련님이 밤낮으로 호강하고 놀 때, 나 같은 하류계의 천한 계집이야 손톱만큼이나 생각하겠습니까. 아이고 아이고 내 일이 낭패로구나."

"춘향아 울지 마라. 한양 안남촌, 북촌에 옥녀나 가인이 많기는 하지만 그래도 규중의 깊은 정이야 너밖에 또 있으랴. 내 아무리 대장부인들 잠시나마 너를 잊으랴."

둘은 피차 서로 이별할 일을 생각하니 기가 막혀 차마 떠나지 못할 것 같다.

이때 도련님을 모시고 갈 후배사령(後陪使令)[1]이 헐떡거리면서 달려온다.

"도련님! 어서 행차하십시오. 안에서 야단이 났습니다. 사또께서 도련님은 어디 갔느냐고 하시기에 소인이 여쭙기를, '지금까지 노시던 친구 작별하시려고 잠깐 문 밖에 나가셨습니다'라고 했습니다. 하오니 어서 행차하셔야겠습니다."

"말을 대령했느냐?"

"예! 말 대령시켰습니다."

옛 글에, 「백마는 가자고 목놓아 소리치고, 미녀는 이별이 안타까워 옷깃을 잡네(白馬欲去長嘶 青娥惜別牽衣)란 구절이 있다.

이때야말로 말은 가자고 네 굽을 치는데 춘향은 마루 아래로 내려서더니 이도령의 다리를 껴안는다.

"날 죽이고 가면 갔지, 살려 놓고서는 못 갈 것이오."

이렇게 한 마디 하고는 그 자리에 기절해 자빠진다.

춘향 모친이 달려든다.

---

1) 後陪使令→뒤에 모시고 따르는 사령(使令).

“향단아! 어서 찬물을 떠오너라. 그리고 차를 달여서 약을 갈아라.”

이번에는 춘향을 보고 꾸짖는다.

“네 이년! 이 몹쓸년아! 늙은 어미는 어쩌라고 이렇게 몸을 상하는 거냐.”

춘향은 겨우 정신을 차린다.

“아이고, 속이 답답해 죽겠소.”

춘향 모친은 기가 막힌다.

“여보 도련님! 남의 생떼 같은 자식을 이 지경을 만들다니 이게 웬일이오. 마음 깨끗하고 곧은 우리 춘향이가 이렇게 애통하다가 죽게 되면 혈혈단신 외로운 내 신세는 누구를 믿고 산단 말이오.”

이도령은 어이가 없다. 억지로 춘향을 달랜다.

“이것 봐라 춘향아. 네가 이게 무슨 짓이냐. 날 영영 안 볼 작정이냐. 옛 사람의 이별한 내력을 내가 말하마. 하수다리 해 떨어질 때 조심스런 구름 일던 것은 한나라 소무의 아들 통국이 그 어머니 호녀와 이별하던 장면이다. 「관산에 계신 우리 님은 머나먼 길 얼마나 되리(征客關山路幾重)」라고 읊은 글은 오희(吳姬)와 월녀(越女)를 이별하던 장면이다. 「모두 수유를 머리에 꽂았건만 다만 나 혼자서만 없을 뿐이네(編搜茱萸少一人)」 하고 읊은 것은 용산 땅에서 형제간에 이별하는 장면이다. 「서쪽으로 양관을 나가면 친구가 없으리(西

出陽關無故)」하고 읊은 것은 위성 땅에서 친구간에 이별하던 이야기다. 이런 모든 이별이 있었어도 소식을 들을 때도 있고 서로 만난 일도 있었다. 지금 나도 이제 올라가서 과거에 장원급제해서 벼슬하기 시작하면 너를 데려갈 것이다. 제발 울지 말고 잘 있거라. 너무 많이 울게 되면 눈도 붓고, 목도 쉬고, 머리도 아픈 법이다. 아무리 돌이라 해도 망주석(望柱石)[2]은 천만 년을 지나가도 무덤 속에 쓰이는 지석이 될 수는 없다. 나무 중에서도 상사수(相思樹)[3] 같은 나무는 창 밖에 우뚝 서 1년 내내 봄빛을 지녔어도 잎이 필 줄 모르는 법이다. 또 병중에서도 남녀간의 상사에서 난 병은 오매불망하다가 죽는 법이다. 그러니 네나 내가 다시 만나 보려거든 섧다 말고 잘 있거라."

---

2) 望柱石→무덤 앞에 세운 한 쌍의 석주.

3) 相思樹→搜神記라는 글에 이런 말이 있다. 송나라 강왕 때 사인 벼슬로 있는 韓憑이 何氏에게 장가를 들었다. 하씨는 몹시 아름다웠다. 이에 강왕은 하씨를 뺏어다가 데리고 살려 했다. 한빙은 자살하고 하씨는 높은 곳에서 떨어져 죽었다. 그들이 죽은 곳에다가 마을 사람들은 시체를 각각 묻어 무덤을 만들어 주었다. 무덤과 무덤은 서로 건너다 보고 있게 되었다. 얼마 후에 나무가 두 무덤 곁에서 각각 나더니 크게 자랐다. 이 두 나무에는 원앙새가 각각 한 마리씩 와서 살기 시작했다. 이들 원앙새는 목을 길게 뽑고 슬피 운다. 그 우는 소리가 어찌나 슬픈지 송나라 사람들은 슬퍼하지 않는 자가 없었다. 이로부터 그 두 나무를 가리켜 상사수라고 한다는 것이다.

28

이 말을 듣고 춘향은 할 수 없이 마음을 좀 눅친다.

"여보시오 도련님! 내 손으로 드리는 술이니 마지막으로 잡수시오. 행차 중에 잡수실 음식도 없이 가실텐데, 내가 찬합을 하나 드릴테니 숙소 주무실 자리에서 나를 본 듯이 잡수시오."

뒤를 돌아다보면서 향단을 부른다.

"애! 향단아! 게 찬합하고 술병 내오너라."

춘향이 술잔에 술을 가득 부어 눈물 섞어가면서 이도령에게 드리며 말한다.

"한양 땅에 가시는 길에 강가에 나무가 푸르거든 내가 멀리서 낭군 생각 하는 줄 아시오. 아름다운 절기를 만나서 가랑비가 분분히 내리면 길 가는 행인은 수심이 많은 법이니 말 타고 가시노라 피곤하여 병 나실까 걱정됩니다. 그러니 풀 우거지고 날 저물거든 일찍 잠자리에 들어 주무십시오. 또 아침에 바람 불고 비 오거든 느지감치 길을 떠나십시오. 천리마 타고 가시는 행차에 모시고 가지 못하오니 부디부디 천금 같으신 귀중한 옥체를 언제나 보존하시옵소서. 그리하여 푸른 나무 우거진 서울 길에 무사히 행차하옵시고, 몇 자 적어서 종종 소식이나 전해 주시옵소서."

이도령이 대답한다.

"소식 듣는 것은 걱정할 것이 없다. 요지의 서왕모도 주목왕을 만나기 위해서 청조 한 쌍에게 수천 리 밖에서도 멀리 소식을 전했다. 또 한무제때 중랑장은 상림원(上林苑)[1]에 있는 임금에게 비단에 글을 써서 기러기발에 매어 전했었다. 그러니 지금 아무리 기러기나 청조는 없을망정 남원에 오는 인편이야 없겠느냐. 슬퍼 말고 잘 있거라."

이도령은 말을 마치고, 말에 올라 춘향을 작별한다.

춘향은 또다시 기가 막힌다.

"아니 우리 도련님이 가신다 가신다 해도 거짓말로만 알았더니 이제 말을 타고 돌아서니 정말로 가시는가요."

춘향은 급히 마부를 부른다.

"마부야! 내가 문 밖에 나설 수가 없는 터이니 말을 붙들어 잠깐만 지체하도록 해라. 도련님께 한 말씀만 더 여쭈어야겠다."

이렇게 마부에게 이르고 춘향은 이도령이 탄 말 가까이로 다가선다.

"여보시오. 도련님! 이제 가시면 언제나 오시려오? 1년 사절에 소식이 아주 끊어질 절(絶)이 아닙니까. 보내느니 영절. 푸른 대나무와 푸른 소나무, 그리고 백이·숙제의 만고충절. 모든 산에는 새 나는 게 끊어지

---

1) 上林苑→한무제의 궁원. 협서성 장안현 서쪽에 있다.

고, 병으로 누웠으니 인사가 끊어지네. 대나무의 절개, 소나무의 절개, 춘하추동의 사시절, 끊어진다고 단절, 나뉜다고 분절, 허물어진다고 훼절. 도련님은 나를 버리고 박절하게 가시니 속절 없는 내 정절, 혼자 빈방을 지키면서 수절할 때 어느 때 절개를 깨칠까. 이 내 몸의 원통한 심정, 슬픈 고절(苦節), 밤낮으로 생각해도 끊어지지 않을테니 부디 소식이나 돈절(頓絶)하지 마시오."

이것은 절자 타령이었다. 춘향은 그대로 대문 밖에 거꾸러진 채 가느다란 두 손으로 땅바닥을 땅땅 친다.

"애고애고. 내 신세야."

춘향의 「애고」 하는 한마디 소리는 「누른 먼지 휘날리고 바람도 쓸쓸하다(黃埃散漫風蕭索)」는 구절과 「깃발도 빛이 없고 햇볕은 약하구나(旌旗無光日色薄[2])」는 백락천의 장한가와도 같다.

그 엎드려지고 자빠지는 춘향을 마음에 부족함이 없게 달래고 떠나려면 몇 날이 걸릴지 모를 지경이다.

그러나 이도령이 탄 말은 날랜 말인데다가 거기에다 더욱 채찍질을 하니 얼마나 빨리 달리랴.

이도령도 눈물을 흘리면서 뒷 기약만을 당부하고 말

---

2) 黃埃散漫→이것은 白居易가 장한가에서 양귀비의 고사를 노래한 것으로서 전문은 「黃埃散漫風蕭索雲殘縈紆登劍閣峨嵋山下少人行 旌旗無光日色薄」이다.

을 채찍하여 달리기 시작한다.

그 모습은 마치 모진 바람에 나부끼는 한 조각 구름과도 같았다.

29

춘향은 할 수 없이 침실로 혼자 들어간다.

"향단아! 주렴을 걷고 안석 밑에다가 베개 놓고서 문을 닫아라. 이제 도련님을 생시에는 만나보기 아득하니 잠이나 자다나 꿈에서나 만나보겠다."

춘향은 자리에 누워 또다시 탄식이다.

"옛날부터 전하는 말이 「꿈에 와서 보이는 임은 신의가 없다」고 했다. 하지만, 아무리 꼭 그렇더라도 내가 꿈이 아니고서야 도련님을 만나볼 수가 있겠느냐. 꿈아! 어서 오너라. 그러나 수심이 첩첩하고 한이 되어 꿈도 이루지 못하겠으니 어찌 한단 말이냐. 애고애고. 내 일을 어찌 한단 말이냐. 인간의 이별이 여러 가지지만 혼자서 이 빈 방을 어찌 지킨단 말이냐. 서로 생각만 하고 보지 못하는 나의 심정 그 누가 알아준단 말이냐. 미친 마음 이렁저렁 흐트러진 근심을 다 버리고 자나깨나 눕거나 먹으나 임을 못봐 가슴 답답해하는 모양은, 그 임의 고운 목소리 귀에 들리는 듯 보고 싶어라. 보고지고 보고지고 임의 얼굴 보고지고, 듣고지고 듣고

지고 임의 목소리 듣고지고. 전생에 무슨 원수로 우리 두 사람이 생겨나서 그립게 서로 생각하는 마음으로 서로 만나, 잊지 말자고 처음 맹세했고, 죽지 말고 한 곳에 살자고 백년을 기약한 맹세가 천금 주옥과도 같더니 이제는 모두 꿈 속의 일이로구나. 그러니 이 세상 일을 어찌 믿는단 말이냐. 원래 근원이 있어 물이 흐르기 시작하여 그 물이 깊고깊고 또 깊은 것이 아니겠느냐. 사랑이 모여서 뫼가 되어 높고높고 다시 높아서 끊어질 줄 모르는 것이다. 그런데 이제와서 그 무덤이 무너질 줄 누가 알았단 말이냐. 귀신이 우리 일을 방해하고 조물주가 시기한 것이로구나. 하루 아침에 낭군을 이별하니 어느날에나 만나본단 말이냐. 천 가지 시름, 만 가지 한이 가득차서 끝끝내 울음만 난다. 내 옥같은 얼굴과 구름 같은 귀밑, 속절없이 늙을테니 세월도 무정하구나. 오동나무 잎 떨어지는 가을밤 달은 밝은데 밤은 왜 그다지도 길단 말이냐. 녹음과 방초 경치 좋은데 해는 왜 그렇게 더디 간단 말이냐. 이렇게 낭군 생각 하는 마음 아신다면 임도 나를 그리워하련만, 나 홀로 빈 방에 누워 다만 한숨으로 벗을 삼고 여러 구비 깊은 마음 구비마다 썩어서 겨우 눈물이 되어 흐를 뿐이로구나. 눈물이 흘러 산과 바다가 되고, 한숨을 쉬어 맑은 바람이라도 된다면 거기에 한 조각 배를 띄워 타고 한양에 계신 낭군이나 찾아가지. 왜 그렇게도 못하여 만날 수 없단 말이냐. 근심스런 밤 달은 밝은데 심향(心香)을 태우면서 조군[1)]에게 빌다가 흐느껴 우니 그 역시 분명한 꿈이로구나. 높이 걸린 달은 저 두견새 우는 밤에 임 계신 곳에도 비치련만 마음 속에 도사리고 있는 설움은 나 혼자뿐이로구나. 밤빛 아득한데 반짝반짝 비치는 것은 창 밖의 반딧불뿐이로다. 밤은 깊어 3경이 되었는데 내가 혼자 여기 앉아 있은들 임이 올 리가 있는가. 그렇다고 누운들 잠이 올 것이랴. 임도 오지 않고 잠도 오지 않으니 이 일을 어찌한단 말이냐. 아마도 도련님과 나와는 원수간인 모양이로구나. 옛부터 「흥이 다하면 슬픈 일이 생기고, 괴로운 일이 다 가면 좋은 일이 온다(興盡悲來 苦盡甘來)」라고 했다. 하지만, 기다리는 것도 적지 않았고, 그리워 한 지도 오래되었다. 그러니 이 간장 속 굽이굽이 맺힌 한을 임이 아니고서야 누가 푼단 말이냐. 저 하늘은 굽어 살피셔서 쉽게 낭군을 만나게 해 주십시오. 다하지 못한 서로의 정을, 이제 다시 만나서 흰 터럭이 다할 때까지 이별 없이 살도록 해 주십시오. 묻건대 저 푸른 산아! 우리 임을 초라한 모습으로 한 번 작별한 후로 소식조차 아주 끊어졌구나. 사람이 목석이 아닌 바에야 임도 응

---

1) 竈君→부엌을 맡은 신. 이 신은 집안의 내용을 상제에게 고하기 위하여 하늘에 올라간다고 한다. 그러므로 집안에서 가장 귀중한 신으로 친다.

당 그리운 마음이 있을 것이다. 아이고 아이고 내 신세야."

춘향이 이렇게 탄식으로 세월을 보내고 있을 때 이도령은 어떠했을까?

이도령은 남원을 떠나 올라갈 적에 숙소에 들 때마다 잠을 못 이루어 역시 혼자서 탄식한다.

"보고지고 내 사랑아. 보고지고 밤낮으로 잊지 못하는 내 사랑아. 나를 보내고 그리워하는 마음을 속히 만나서 풀어보리라."

이렇게 날마다 춘향 그리워하는 마음 더욱 굳어지면서 과거에 장원으로 뽑히기만 바라고 있었다.

30

두어 달이 되어 남원 고을에는 신관 사또가 부임해 왔다.

그는 자하골에 사는 변학도(卞學道)라는 사람이다. 문필이 유려하고 풍채가 너그러우며, 풍류에 달통한 사람이다.

그는 외입에도 능한 사람이다. 그러나 흠을 잡자면 그는 성격이 몹시 괴팍하고 멀쩡한 사람이 때때로 미친 짓을 하는 버릇이 있다. 그래서 혹은 자신의 덕망을 잃기도 하고, 또는 공사를 잘못 판단하는 일이 많다. 세상 사람들은 그를 가리켜 고집불통이라고 한다.

부사가 되어 새로 부임하는데 고을 이속들이 멀리 마중을 나갔다. 그들은 차례로 부사 앞에 나와 뵙는다.

"사령 현신(現身)[1]이오"

"이방(吏房)이오."

"감상(監床)이오."

"수배(首陪)요."

현신이 끝났다. 부사가 비로소 입을 연다.

"이방을 불러라."

"이방 여기 있습니다."

"그동안에 네 고을에 아무 일도 없었느냐?"

"예! 아직 아무 연고도 없습니다."

"듣자니 네 고을 관노가 삼남에서 제일이라지?"

"예! 부리실 만합니다."

"또 네 고을에는 춘향이란 계집이 몸이나 얼굴이 곱다지?"

"예 그러합니다."

"지금도 잘 있느냐?"

"무고합니다."

"남원이 여기서 몇 리냐?"

"6백30리옵니다."

---

1) 現身→하인이 상전에게 처음으로 뵙는 것.

부사는 마음이 바빴다. 하인들에게 이른다.

"빨리 길을 떠나도록 해라."

이 문답을 듣고 나오는 마중 하인들이 저마다 중얼거린다.

"흥! 인제 우리 고을에 일이 났구나."

신관 사또는 떠날 날짜를 급히 서둘러 남원에 부임하려 내려오고 있다.

그 위엄이 대단도 하다. 구름처럼 출렁이는 별연에, 독교가 가는 곳에는 좌우에 청장(靑杖)이 벌려 섰다.

또 양쪽에는 부축하는 급창(及唱)이 따르는데, 진한 빛 모시로 만든 천익(天翼)에다가 역시 흰 모시로 만든 전대를 고를 늘여서 엇비슷하게 눌러 매었다.

그들은 대모 관자에 통영 갓을 눌러서 숙여 쓰고, 청장줄을 겹쳐 잡고서,

"에라! 물러서거라."

하고 소리친다.

신관 사또가 가는 길에는 잡인의 왕래는 일체 금한다. 좌우에 따르는 구종은 긴 고삐에다가 가마 뒤채 잡는데 몹시 힘을 쓴다.

통인 한 쌍은 채찍을 들고 전립을 쓰고서 행차를 배행하여 뒤를 따른다.

수배·간상·공방과 마중 나온 이방의 위엄도 당당하다.

거기에다가 노자 한 쌍, 사령 한 쌍, 일산을 들고 따르는 보종은 행차의 앞에 가면서 큰 길가에 갈라선다.

백방사로 짠 비단으로 만든 일산에 복판에는 남색실로 짠 비단으로 선을 둘렀다.

주석으로 만든 고리를 얼른거리면서 호기있게 내려오면, 앞 뒤에서 잡인을 금하라는 소리는 산까지 메아리친다. 또한 권마성[2]은 어찌나 높은지 구름조차도 맑게 보인다.

사또의 행차는 전주에 도착했다. 경기전에 객사를 정하고 거기에 궐패를 모셔두고 왕명을 전포하는 의식을 행했다.

그리고 나서 영문에 잠시 다녀나와 전주읍에서 5리쯤 떨어진 좁은 목이라는 곳을 찾아 나섰다. 만리관 고개와 노구 바위를 넘어섰다.

다시 임실을 지나 오수역에 들러서 점심을 먹는다.

당일로 사또는 남원에 부임하는 것이다.

일행은 오리정으로 들어간다. 오리정은 남원 동북쪽 5리쯤 되는 곳에 있다. 영문의 장교가 일행을 거느리고 육방의 하인들이 소제해 놓은 길로 들어간다.

이때 청도가 한 쌍, 홍문기가 한 쌍, 주작의 동남쪽

---

2) 勸馬聲→임금의 御乘馬나 또는 奉命者가 탄 말에 기운을 내기 위해서 부르던 가늘고 긴 소리. 임금이 탔을 때는 사복들이 부르고 그밖에 다른 때에는 역졸들이 부른다.

모퉁이와 서남쪽 모퉁이에는 붉은 비단에 남색 무늬를 놓은 깃발 한 쌍이 펄럭인다.

또 청룡의 동남쪽 모퉁이와 서남쪽 모퉁이에는 남색 비단 깃발이 한 쌍, 현무의 동북쪽 모퉁이와 서북쪽 모퉁이에는 검은 비단에 붉은 무늬를 놓은 깃발이 한 쌍 펄럭인다.

다시 동사 깃발이 한 쌍, 순시기(巡視旗)가 한 쌍, 영기가 한 쌍 펄럭인다.

다음으로 집사가 한 쌍, 기패관이 한 쌍, 군노 열두 쌍이 좌우에 요란스럽게 수행하고 있다.

행진에 맞추어 입으로 불고 손으로 치는 풍악 소리는 성 동쪽에 진동한다.

삼현(三絃)과 육각(六角)과 권마성은 원근 마을에 시끄럽게 들린다.

사또는 광한루에서 잠시 쉬어 옷을 갈아입고 객사에 가서 다시 궐패를 모시고 왕명을 전포하려고 남여를 타고 들어간다.

그는 백성들의 눈에 엄숙하게 보이기 위해서 눈망울을 유난히 굴린다. 객사에 들어가 궐패를 모신 다음에 동헌(東軒)에 앉아서 도임상[3]을 먹었다.

식사가 끝나자 댓돌 아래에서,

---

3) 到任床→지방관이 부임했을 때 잘 차려서 대접하는 음식상.

"행수 문안 아뢰오."
하는 긴 목소리가 들린다.
계속하여 군관과 집례의 문안을 받는다. 육방 관속의 문안도 다 받고 나자 사또는 영을 내린다.
"수노를 불러서 기생을 점고시켜라."

31

사또의 분부가 내리자, 호장은 기생의 명부를 가지고 나와 이름을 차례로 불러 일일이 실물을 점고한다.
기생의 이름은 모두 글귀로 지어서 부른다.
"비오고 갠 뒤 동녘 산에 돋아오르는 명월이!"
말이 떨어지자 명월이가 들어온다. 치맛자락을 거듬거듬 걷어서 가는 버들가지처럼 생긴 허리 위에 붙이고 아장아장 걸어 나온다.
호장이 실물 명월이를 보자 명부에 적힌 명월이란 이름 위에 점을 찍는다.
명월이는,
"나가오."
하고 물러선다.
호장이 또 명부를 들여다보고 부른다.
"도원을 찾아가는 고기잡이 배가 물을 올라갈 때 시내 양쪽에 곱게 핀 꽃이 봄빛이 아니랴. 도홍이!"

도홍이가 들어온다. 붉은 치맛자락을 걷어 안고 아장아장 주춤거리면서 걸어서 들어와 점고를 마친다.

도홍이도 호장의 대조가 끝나자,

"나가오."

하고 물러난다.

"단산의 저 봉이 짝을 잃고 벽오동나무에 깃들이니 산수의 영물이요. 나는 새 중의 정기이다. 아무리 굶주려도 아무 곡식이나 먹지 않는 굳은 절개는 만년수를 누리는 집 문앞의 채봉이!"

채봉이가 들어온다. 치마 두른 허리를 맵시있게 걷어 안고 아장거리면서 걸어 들어와 점고를 마치자 역시,

"나가오."

하고 왼쪽으로 걸어서 물러간다.

"맑고 깨끗한 연꽃은 절개를 고치지 않는 것, 묻노니 저 연꽃 예쁘고도 고운 태도가 꽃 중의 군자로구나. 연심이!"

연심이가 들어온다. 치마를 걷어 안고 비단 버선, 비단 신을 끌면서 가만가만 걸어 들어오더니 왼쪽 걸음으로,

"나가오."

하고 물러간다.

"화씨[1]가 가진 옥같은 명월주가 푸른 바다에 드리운 듯한 형산의 백옥, 명옥이!"

명옥이가 들어온다. 기이한 비단치마에 그 고운 태도나 행동이 몹시 정중하다. 아장아장 걸어서 가만가만 들어와서 점고를 마치고 나더니,

"나가오."

하고 좌편 걸음으로 물러선다.

"구름은 엷고 바람은 가벼운데 때는 한낮이라, 버들가지에 노는 황금덩어리 같은 꾀꼬리, 앵앵이!"

앵앵이가 들어온다. 붉은 치맛자락을 걷어 올려 버들가지 같은 가느다란 허리에 붙이고 아장아장 걸어서 가만가만 들어오더니 점고를 받고서,

"나가오."

하고 물러간다.

사또는 몹시 지리한 눈치다.

"자주 불러라!"

"예."

---

1) 和氏→卞和. 한비자에 보면, 초나라 사람 화씨가 산 속에서 옥을 얻어가지고 여왕에게 바친 일이 있었다. 옥을 알아보는 사람에게 물었더니, 「그것은 돌입니다.」 한다. 여왕은 왕을 속였다 하여 화씨의 다리 하나를 자르는 형벌을 내렸다. 화씨는 다시 옥을 무왕에게 바쳤다. 또 옥을 알아보는 자에게 물었더니 역시, 「돌입니다.」 한다. 무왕은 화씨의 하나 남은 다리를 마저 잘랐다. 문왕이 즉위하자 화씨는 그 옥을 안고서 산 속에서 3일 3야를 울었다. 왕은 이상히 여겨 그 옥을 갖다가 갈게 했더니 속에 훌륭한 옥이 들어 있었다. 이리하여 이 옥을 「和氏之璧」이라고 했다.

호장이 사또의 분부를 듣고 넉 자씩으로 귀를 맞추어 빨리 부르기 시작했다.

"광한전 높은 집에 헌도(獻桃)[2]하던 고운 선녀 반겨보는 계향이!"

"예! 여기 등대했습니다."

"송하의 저 동자[3]야! 묻노라 선생 소식. 첩첩 산중의 운심이!"

"예! 여기 등대했습니다."

"원궁에 높이 올라 계화를 꺾던 애절이!"

"예! 여기 등대했습니다."

"묻노라. 술집이 그 어디 있느뇨. 목동이 멀리 가리키는 행화[4]!"

"예! 여기 등대했습니다."

"아미산[5]에 반쯤 일그러진 달 그림자 평강의 강물에 비치는 강선이!"

"예! 여기 등대했습니다."

"오동나무 한복판에 거문고 타고 나는 탄금이!"

"예! 여기 등대했습니다."

---

2) 獻桃→蟠桃를 바침.

3) 松下童子→가도의 訪道者不遇詩에 「松下問童子 言師採藥去 只在此山中 雲深不知處」라 했다.

4) 牧童杏花→杜牧의 淸明詩에 「淸明時節雨紛紛 路上行人欲斷魂 借問酒家何處在 牧童遙指杏花村」이라 했다.

5) 峨嵋山月→李白의 峨嵋山月歌에, 「峨嵋山月半輪秋 影入平美江水流」라 했다.

"8월의 연꽃은 군자의 얼굴과도 같다. 연못에 가득찬 가을 물에 뜨는 홍련이!"

"예! 여기 등대했습니다."

"주홍 당사 가진 매듭 차고 나는 금낭이!"

"예! 여기 등대했습니다."

보고 있던 사또는 다시 분부를 내린다.

"지리하구나. 한 숨에 두서너 명씩 불러라."

호장은 이제부터 자주 부르기 시작한다.

"양대선이! 월중선이! 화중선이!"

"예! 여기 등대했습니다."

"금선이! 금옥이! 금련이!"

"예! 여기 등대했습니다."

"농옥이! 난옥이! 홍옥이!"

"예! 여기 등대했습니다."

"바람마진 낙춘이!"

"예! 여기 들어갑니다."

낙춘이가 들어온다. 제딴에는 맵시를 몹시 내고 들어온다. 얼굴에 잔털을 민다는 말은 들었던지 이마에서부터 시작하여 귀 밑까지 파헤쳤다. 또 얼굴에 분칠을 한다는 말은 들었던지 분 한 갑을 통째 사다가 성 벽에 회칠하듯이 해서 온 얼굴에 맥질을 했다.

키는 사근내에 서 있는 장승만큼이나 큰데 치맛자락을 훨씬 치켜올려 턱 밑에 갖다 붙이고서 논바닥에 기

어다니는 고니 걸음으로 엉큼엉큼 걸어와서는 점고를 마치고 나서,

"나가오!"

하고 물러간다.

32

지금까지 불러본 기생들 중에는 고운 인물도 많았다. 하지만, 사또는 본래부터 춘향의 소문을 높이 듣고 온 터이어서 딴 기생의 이름은 그저 귓가로 들어넘겼다.

아무리 기다려도 춘향의 이름은 들을 수가 없다.

사또는 수노를 불러 묻는다.

"기생 점고가 끝났는데도 춘향의 이름은 들을 수가 없구나. 춘향이는 퇴기[1]란 말이냐."

수노가 여쭙는다.

"춘향의 어미는 기생이었지만 춘향이는 기생이 아닙니다."

"그래? 춘향이가 기생이 아니라면 규중에 있는 계집의 이름이 어찌해서 그렇게 널리 알려졌단 말이냐."

"본래는 기생의 딸이온데 마음도 곱고 얼굴도 잘 생긴 때문에 권리있고 세도있는 양반들이나 재주있는 선

---

1) 退妓→나이가 많아서 수청의 직에서 물러난 기생.

비들, 벼슬 못하고 있는 한량이나 벼슬자리에 있는 사람들이 모두 그를 한 번 보고자 해도 듣지 않았습니다. 그런 때문에 양반의 상하를 막론하고 춘향이를 보지는 못했으며, 또 심지어 한 집안 사람들까지도 10년을 가다가 그의 얼굴을 한 번 보게 되어도 한 마디의 말도 붙이지 못하고 있는 터였습니다. 하온데, 하늘이 정해준 연분인지 구관 사또의 아드님 이도령과 백년가약을 맺고, 이도령이 떠나갈 때, 「과거에 장원으로 급제한 뒤에 데려가겠다」고 약속했습니다. 그래서 춘향이는 그를 믿고 수절하고 있는 터입니다."

사또는 이 말을 듣고 화를 버럭 낸다.

"이놈! 아무리 무식한 상놈이기로 그런 분별없는 말을 함부로 한단 말이냐. 이도령이 어떤 양반집 자제라고 엄한 부형 시하 처지에 더구나 장가도 들지 않은 터에 화류계에 첩을 얻어서 살자고 했겠느냐. 이놈! 다시 그런 말을 입밖에 냈다가는 죄를 면치 못할 것이다. 이미 내가 저를 한 번 보고자 했는데 못 보고 그대로 말 수야 있느냐. 잔말 말고 가서 불러오너라."

사또는 이내 춘향을 불러들이라는 명령을 내린다.

이 꼴을 보고 이방과 호장이 여쭙는다.

"춘향이는 기생도 아닐 뿐 아니오라, 구관 사또의 자제 이도령과 같이 살자는 약속이 중한 터입니다. 하온데, 이도령과는 연치는 차이가 계시지만 같은 양반의 입장이신 터에 그를 부르라는 명령을 내리신다면 사또 체면에 손상되지 않을까 걱정됩니다."

그러나 사또는 더욱 화를 낸다.

"만일 춘향을 더디 데려오게 되면 호장·이방·형리를 위시해서 각 청의 두목들을 모두 파직시킬 테다. 그래도 빨리 거행하지 못하겠느냐."

호령이 한 번 떨어지자 육방에 소속된 아전들은 어찌할 줄을 모른다. 각 청의 두목들도 넋을 잃었다.

"여보게 김 번수[2]! 이 번수! 이런 일이 또 어디 있단 말인가? 춘향이도 불쌍도 하구나. 그 굳은 절개도 가련하게 되기 쉽겠구나. 하지만 사또 분부가 저렇게 엄하니 안 갈 수야 있는가. 자! 어서 가보자."

이리하여 사령과 관노가 뒤섞여서 춘향의 집으로 몰려가게 되었다.

그러나 춘향은 이때 사령이 오는지 군노가 오는지 알 까닭이 없었다. 주야로 도련님만을 생각하여 울고 있다.

사람이 망칙스런 변을 당한 때라, 그 울음 소리가 화평할 수가 없다. 그리고 또 비록 한때라도 빈 방을 지키고 살 계집이어서 그런지 목소리에 청승이 끼어서 자연히 우는 소리가 슬프고 원망스러웠다.

---

2) 金番手→김가 성을 가진 번수. 번수란 번들어서 동헌을 호위하는 사람.

보는 사람, 듣는 사람이 그 누구인들 창자가 끊어지는 듯하지 않으랴.

임이 그리워 슬퍼하는 마음은 음식을 먹어도 맛이 없고 자리에 누워도 잠이 오지 않는다.

오직 도련님 생각에 창자가 타서 가죽과 뼈만이 앙상할 뿐, 얼굴엔 살 한 점도 없다.

기운이 없어 울음 소리가 길고 느려서 진양조[3]로 변한다.

"갈까보다. 갈까보다. 임을 따라 갈까보다. 천 리라도 갈까보다. 만 리라도 갈까보다. 바람과 비도 쉬어서 넘고, 날찐 · 수지니 · 송골매 · 보라매[4]도 모두 쉬어서 넘는 높은 봉우리라도 나는 쉬지 않고 가서 도련님 만나리라. 동선관(洞仙關)[5] 높은 고개라도 임이 나를 찾으신다면 신 벗어 손에 들고 쉬지도 않고 넘어가리라. 한양에 계신 우리 낭군도 나처럼 그리워하실까? 무정해서 나를 아주 잊고 내 사랑을 옮겨다가 다른 임을 사랑하고 계실까?"

이렇게 한참이나 넋두리를 하면서 슬프게 울고 있을

---

3) 盡陽調→가사의 이름. 길고 느린 곡조. 조선왕조 순조 때 김성옥이 처음 만든 것. 남도 소리의 일종임.
4) 날찐 · 수지니→모두 매의 이름. 날찐은 야생의 매를 길들이지 않은 것. 송골매는 수지니 물에서 자유롭게 자라 해가 묵은 매. 해동청은 송골매. 보라매는 어미를 떠난 당년에 새끼를 잡아 길들여서 사냥에 쓰는 매.
5) 洞仙關→황주 남쪽 20리에 있는 높은 고개.

때다.

사령들이 춘향의 집 앞까지 와서 이런 애절한 울음 소리를 들었다. 저들도 목석이 아닌 바에야 어찌 감동하지 않으랴.

6천 마디나 되는 4대 삭신이 마치 낙동강 물에 봄 얼음 녹듯이 풀려버린다.

사령들은 저희끼리 수군댄다.

"대체 참 불쌍한 일이로구나. 아무리 오입을 즐기는 남자 녀석이라도 저런 여자를 높이 받들어 생각해 주지 못한다면 사람이 아닐 것이다."

33

이때 사령이 문 앞에서 큰 소리로 외친다.

"이리 오너라."

춘향은 그 목소리에 깜짝 놀랐다. 웬 남자의 음성인가 의심이 나서 문 틈으로 내다본다.

그러나 춘향은 문 밖에 사령과 군노가 와서 서 있는 것을 발견하고 더 한층 놀란다.

"아차. 이게 웬일이냐. 신관 사또가 부임해서 오늘 기생 점고를 한다더니 필경 무슨 야단이 난 게로구나."

춘향은 마음을 도사려 먹고 밀창을 열었다.

"허허! 번수님네들이 여기 오시기는 의외입니다그려.

신관 사또 부임하시는데 마중 나갔다가 노독이나 나지 않으셨나요. 신관 사또도 편안하시고 구관 사또는 지금 댁으로 돌아가셨나요. 도련님은 편지 한 장도 보내시지 않던가요. 내가 전날에는 양반댁 도련님을 모신 몸이어서 남의 이목이 번거로워서 번수님네들을 모른 척했지만 어찌 마음이야 없었겠소, 자! 안으로 들어갑시다."

춘향은 김 번수와 이 번수를 손수 자기 방으로 안내하여 앉히고 나서 향단을 불러 이른다.

"향단아! 주안상을 들여라."

술상을 들여다 놓고 번수들을 취하도록 술을 먹였다. 그리고 나서 궤문을 열더니 돈 닷 냥을 방바닥에 내놓는다.

"자! 여러 번수님네 돌아가시다가 술이나 한 잔씩 사 자시고 가시오. 그리고 내게는 뒷말이 없도록 하시오."

사령들은 술이 취했다.

"돈은 당치 않은 일이오. 우리가 돈 얻으려고 온 게 아니오. 어서 집어 넣어라."

말은 이렇게 하면서도 이 번수는 김 번수를 눈짓한다.

"김 번수! 자네가 이 돈을 차게."

김 번수는 마지 못하는 척 돈을 집어 허리에 차면서 중얼거린다.

"이거 옳은 일은 아니지만 어디 닢 수나 맞는가 세어

보자."

돈을 집어 차고 비틀거리면서 자리에서 일어난다.

이때 행수 기생[1]이 춘향의 집으로 들이 닥친다.

"여봐라. 춘향아! 내 말 들어봐라. 너만한 정절은 내게도 있고, 너만한 수절할 결심은 나도 있었단다. 야! 정절부인 아가씨야! 지금 너 한 사람 때문에 육방에 소동이 나고, 각 청의 두목들이 모두 죽어나고 있단다. 빨리 들어가자!"

이 말을 들으니 사태는 어찌할 수 없게 되었다.

수절하고 있던 몸 그대로 대문 밖을 나선다.

"형님! 행수 형님! 사람 괄시를 그렇게 하지 마시오. 형님이라고 대대로 행수만 하겠소? 나라고 또 대대로 춘향이 신세뿐이겠소? 사람이 한 번 죽으면 그만이지 두 번 죽는 이치야 있겠소?"

사령들은 비틀거리면서 동헌에 당도했다.

"여기 춘향이 대령했습니다."

사또는 춘향의 모습을 내려다보더니 입이 활짝 열린다.

"춘향이가 분명하구나. 자 이리 올라오너라."

춘향은 상방[2]으로 올라갔다. 무릎을 도사리고 단정히 앉았다.

---

1) 行首妓生→기생 중의 우두머리.
2) 上房→관아의 어른이 있는 방.

사또는 춘향의 얼굴을 한번 보자 금세 반해서 어쩔 줄을 모른다.

"책방에 가서 회계 맡은 나리 오시라고 해라."

회계를 맡은 생원[3]이 앞으로 왔다. 사또는 연신 입을 벌리고 기뻐한다.

"여보게. 저애가 춘향일세. 자네도 한 번 보게."

회계 생원은 춘향을 한 번 쳐다보더니 칭찬이 도저하다.

"하! 그년 매우 예쁘구나. 참 잘 생겼습니다. 사또께서 서울에 계실 때부터 「춘향! 춘향!」 하시더니 과연 한 번 볼 만합니다."

사또는 웃으면서 회계 생원을 쳐다본다.

"그래? 자네가 중매를 들겠는가?"

회계 생원은 잠깐 무엇인가 생각하더니 조심스럽게 입을 연다.

"사또께서는 당초에 춘향을 먼저 부르실 것이 아니라, 중매쟁이를 보내서 말을 시켜 보시는 게 옳았을 것을, 일이 좀 경솔하게 되었습니다. 하오나, 이미 불렀으니 아무래도 혼사를 할 밖에 도리가 있겠습니까?"

사또는 한 층 더 기뻐하며 춘향을 돌아보고 이른다.

"네 오늘부터 몸 단장을 정하게 하고 수청을 들도록

---

3) 生員→小科의 종장에 합격한 사람.

해라."

그러나 춘향의 대답은 엉뚱하다.

"사또의 분부는 황송합니다. 하지만, 저는 한 남편을 섬길 것이오니 분부를 거행하지 못하겠습니다."

34

춘향의 엉뚱한 대답에 사또는 한번 웃었다.

"그 말 참 아름다운 말이다. 참으로 아름다운 계집이로구나. 너야말로 진정 열녀로구나. 네 정절 그 굳은 마음이 어쩌면 그렇게도 어여쁘냐. 참으로 당연한 말이다. 그렇지만 이도령은 서울 사대부의 아들로서 명문귀족의 사위가 되었다. 다만, 한때 사랑으로 잠시 동안 화류계에 있는 너를 데리고 놀았을 뿐인데 이제 와서야 조금치나 생각하겠느냐. 무정한 세월은 물 흐르듯 가는 법인데 네가 만일 절개만 생각하고 평생을 수절했다가 곱던 얼굴에 주름이 잡히고 머리카락이 희게 되면, 그 때에 가서 탄식한들 무슨 소용이 있겠느냐. 네가 또 아무리 수절을 한대도 열녀의 포양(褒揚)을 누가 해 주겠느냐. 또 그까짓 것은 다 그만 두고라도 네 고을 관청에게 몸을 의탁하는 것이 옳겠느냐, 아니면 나이 어린 동자에게 의탁하는 것이 옳겠느냐. 어디 네가 말을 좀 해 봐라."

그러나 춘향은 단호히 거절한다.

"충신은 두 임금을 섬기지 않고 열녀는 두 남편을 바꾸지 않는다는 절개를 본받으려 할 따름입니다. 하온데, 수차 분부가 이러하오니 사는 것이 차라리 죽느니만 못할까 합니다. 아무래도 저는 두 남편을 바꾸지 않을 것이오니 처분대로 하시옵소서."

이때 회계 생원이 나선다.

"춘향아! 여봐라. 그년 참 요망한 계집이로구나. 부유 같은 한평생 이 좁은 천지에 네가 그리 여러번 사양할게 무어냐. 지금 사또께서 너를 추앙해서 하시는 말씀인데, 너 같은 기생에게 수절이 다 무엇이며 정절이 다 무엇이냐. 구관을 보내면 신관 사또를 영접하는 것이 법에도 당연한 일이오, 전례로 본대도 온당한 일이다. 그런데 공연히 괴이한 말을 하지 말아라. 너 같은 천기들에게 충신이니 열녀니 하는 글자가 어디에 당한 일이란 말이냐."

이 말을 듣고 춘향은 하도 기가 막혀서 천연스럽게 앉아서 말한다.

"충효나 열녀에 상하가 어디 있단 말이오. 내 말씀을 자세히 들어보시오. 우선 기생으로 말씀을 합시다. 기생에게는 충효니 열녀니 하는 말이 당치 않다니 낱낱이 내가 아뢸 것입니다. 황해도 기생 농선(弄仙)[1]이는 동선령에서 죽었으며, 선천 기생은 나이가 어리지만 일곱

명 학문 잘하는 사람 속에 끼었습니다. 진주 기생 논개[2]는 우리나라의 충렬한 존재로서 의기사(義妓祠) 충렬문에 모셔서 해마다 제사를 올리고 있습니다. 또 청주 기생 화월[3]이는 삼층각에 모셔져 있고, 평양 기생 월선이[4]도 의열사에 모셔져 있습니다. 안동 기생 일지홍[5]은 살아 있을 때에 열녀문을 세워 주고, 정경부인이라는 품계를 주었습니다. 그러니 기생을 덮어놓고 모두 그르다고 하지 마십시오."

말을 끊고 춘향은 다시 사또에게 말한다.

"제가 당초에 이도령을 만날 때 태산이나 서해만큼 굳은 마음을 가졌었습니다. 그러한 저의 정절은 아무리 맹분과 같은 용맹으로도 빼앗아가지 못할 것입니다. 또 소진(蘇秦)이나 장의(張義) 같은 구변을 가지고서도 저의 마음을 움직이시지는 못할 것입니다. 공명선생의 높은 재주가 아무리 동남풍은 빌었어도 일편단심을 가진 소녀의 마음을 굽히지는 못할 것입니다. 기산에 살던 허유는 요임금이 천거해도 나서지 않았고, 수양산의

---

1) 弄仙→사적을 알 수 없음.
2) 論介→진주의 관기. 진주가 함락되던 날 왜장을 유인해다가 껴안고 촉석루에서 떨어져 함께 죽은 의기.
3) 花月→미상.
4) 月仙→계월향을 말한 듯하다. 왜장이 평양을 점령했을 때 아무도 그를 대적하지 못하는데 계월향이 밤에 왜영에 들어가 그 장수의 머리를 베었다.
5) 一枝紅→미상.

백이·숙제 두 사람은 주나라 곡식을 먹지 않았습니다. 그러니 만일 허유가 없었다면 속세를 마다하고 은거하는 선비의 일은 누가 했을 것이며, 또 만일 백이와 숙제가 없었다면 난신적자(亂臣賊子)가 많았을 것입니다. 소녀가 비록 미천한 계집이오나 어찌 허유나 백이의 일을 모르겠습니까. 남의 첩이 되어 남편을 배반하고 집을 버린다면 이것은 마치 벼슬하는 관장님들이 나라를 잊고 임금을 저버리는 것과 같은 것입니다. 부디 처분대로 하시옵소서."

사또는 몹시 노했다.

"이년! 들어봐라. 왕실을 뒤엎고 역적질을 하는 죄는 능지처참[6]하게 되어 있고, 관장을 조롱한 죄는 제서율(制書律)[7]의 법이 있다. 그리고 관장의 명령을 거역한 죄는 엄한 형벌을 주고 멀리 귀양보내게 되어 있다. 그러니 너는 죽더라도 슬퍼할 것이 없다."

35

춘향도 지지 않고 마주 대든다.

"그러면 유부녀 겁탈하는 것은 죄가 아니고 무엇입니까?"

---

6) 陵遲處斬→머리·몸·손·발을 토막지어 자르는 극형.
7) 制書律→制書有違律의 약.

사또는 기가 막힌다.

어찌나 분이 났던지 바로 앞에 있는 연상(硯床)을 힘껏 친다. 그 바람에 탕건이 벗어져 방바닥에 떨어지고 상투 고가 확 풀린다. 첫마디에 목도 쉬어 버렸다.

"이년을 잡아내라."

호령이 추상같다.

골방에 있던 수청 통인이,

"예!"

하고 내달아온다.

통인은 춘향의 머리채를 휘어잡으면서,

"급창!"

하고 큰 소리로 부른다.

급창이 또,

"예!"

하고 내달아온다.

통인은 또 한 마디 외친다.

"이년을 잡아내라!"

그러나 춘향은 머리채를 잡은 통인의 손을 뿌리친다. 그리고 제 발로 걸어서 중계까지 내려선다.

이때 급창이 달려든다.

"이년! 여기가 어떤 어른 앞이라고 말 대답을 그렇게 한난 말이냐. 그렇게 하고서 네가 살기를 바라겠느냐!"

이렇게 말하고 급창은 춘향을 대뜰 밑으로 내리친다.

기다리고 있던 사나운 범처럼 생긴 군노와 사령들이 벌떼처럼 대든다.

감태(甘苔)[1]같이 고운 춘향의 머리채를 연싸움 시킬 때 연 실을 감듯이 감아쥔다. 마치 뱃사공이 배의 닻줄을 감듯이 감아서 쥔다.

그것은 또 사월 초팔일에 등(燈)대를 감듯이 휘휘 감아쥐고 동당이 치듯이 뜰 마당에 동당이친다.

아! 불쌍하다. 춘향의 신세가 불쌍도 하다. 백옥처럼 고운 춘향 몸이 육(六) 자 모양으로 엎드러졌구나.

이때 좌우에 늘어선 나졸[2]들이 능장[3]·곤장[4]·형장[5]·주장[6]을 짚고 있다.

"형리 대령하라!"

"예! 머리 숙여라. 형벌이오."

사또는 어찌나 분이 났던지 벌벌 떨면서,

〈헐떡! 헐떡!〉

하고 있다가 다시 입을 연다.

"여봐라. 그년에게 다짐이 필요없다. 아무 말도 물을

---

1) 甘苔→해태의 일종이나 보통 것보다 더 고운 것.
2) 羅卒→군아에 속한 군졸. 사령의 총칭.
3) 稜杖→위에는 소리나는 쇠를 박고, 아래에는 끝이 뾰족한 창을 박은 지팡이.
4) 棍杖→강도·절도나 군율을 어긴 자의 볼기를 때리던 형구. 곤장에는 중곤·대곤·중곤·소곤·치도곤 등이 있다.
5) 刑杖→訊杖. 형구의 일종.
6) 朱杖→붉은 칠을 한 몽둥이.

것이 없다. 형틀에 올려매고 정갱이를 부러뜨리고서 죄인이 죽었다는 물곳장을 올려라."

형리들은 춘향을 형틀에 올려맨다.

죄인을 지키는 옥쇄장[7]이 형장·태장[8]·곤장 같은 것을 한 아름 안고 나오더니 형틀 아래에 좌르르 메부친다. 그 소리에 춘향은 정신이 아찔해진다.

다시 집장사령[9]이 다가선다.

집장사령은 옥쇄장이 갖다 부린 형장개비들을 이것도 잡고서 휘어보고 저것도 잡고서 휘어본다.

그 중에서 가장 등심이 좋고 빳빳하고 잘 부러질 것으로 골라 잡는다. 이것을 오른 어깨 벗어메고 형장을 집고 선다.

집장사령은 사또의 분부가 떨어지기를 기다리는 것이다.

이내 사또의 분부가 내린다.

"분부를 들어라. 네 그년을 사정을 두고 때려서는 당장에 벌을 내릴 것이니, 그쯤 알고 매우 치도록 해라."

집장사령이 여쭙는다.

"사또의 분부가 이렇듯 엄하시온데 저런 년에게 무슨 사정을 두겠습니까. 이년! 다리를 까딱도 하지 말아라.

---

7) 獄鎖匠→옥에 갇힌 죄인을 지키는 사령.
8) 笞杖→볼기를 치는 형구.
9) 執杖使令→장형을 행하는 사령.

만일 움직였다가는 뼈가 부러질 것이다."

집장사령은 겉으로는 이렇게 호통을 치는 듯했다. 그러나 속은 딴판이었다.

형장의 수를 세는 검장 소리에 발을 맞추어 춘향의 곁으로 다가서면서 남몰래 작은 목소리로 말한다.

"한두 개만 견디고 맞게나. 이것은 어쩔 수가 없네. 그러니 이쪽 다리는 이리로 틀고, 저쪽 다리는 저쪽으로 틀게."

위에서는 다시 분부가 내려진다.

"매우 쳐라."

집장사령도 이내 대꾸를 한다.

"에잇! 때리오."

이렇게 대꾸하면서 매 한 대를 때리자, 형장개비는 푸르르 날아서 공중을 빙빙 돌다가 상방 대뜰 아래에 떨어진다.

춘향이는 아픈 것을 참으려고 이를 갈면서 고개를 휘젓는다.

"아이고. 이게 웬일이오?"

36

곤장이나 태장을 때리는 데는 사령이 옆에 서서,

〈하나!〉

〈둘!〉

하고 센다.

하지만, 형장은 법률에 의한 벌이어서 그렇지가 않다.

형장은 형리와 통인이 양쪽에 마주 엎드려서 한 대 치면 하나 긋고, 둘을 치면 둘을 긋는다.

마치 무식하고 돈 없는 놈이 술집 벽에 술 값을 그어 놓듯이 긋게 마련이다.

우선 한 일 자를 긋는다.

춘향이는 모든 것을 단념했음인지 저절로 나오는 말처럼 매를 맞으면서도 대꾸를 한다.

"일편단심 굳은 마음, 일부종사 이외에 또 있으리까. 한 개 형벌을 친들, 이제 임과 헤어진 지 1년도 못 되었는데 일 각인들 내 마음이 변하리까!"

이때 춘향이 사또에게 매를 맞는단 말을 듣고, 온 남원 고을 안의 모든 한량들과 그밖의 구경꾼들이 남녀노소 없이 몰려와서 이 꼴을 보다가 수군거리면서 한 마디씩 한다.

"모질구나. 참 모질구나. 우리 고을 원님이야말로 모질구나. 저런 형벌이 어디 있단 말이냐. 저런 매질이 더구나 있을 수 있느냐. 저 집장사령 눈익혀 두어라. 삼문 밖에 나오기민 하면 급살시킬 테다."

참으로 모진 형벌이다. 보고 있던 사람들은 눈물 흘

리지 않는 이가 없다.

두 대를 맞았다.

"두 남편 바꾸지 않는 절개를 아옵는데 불경이부할 내 마음이 이 매를 맞고 영영 죽는대도 이도령은 잊지 못할 것이오!"

세번째 딱 때린다.

"삼종의 예[1]는 지극히 소중한 법이오. 삼강오륜을 알았으니 세 번 형벌을 당해 귀양을 가는 한이 있어도 삼청동에 사는 우리 낭군 이도령은 잊을 수 없소!"

네번째를 때린다.

"사대부댁 사또님은 사민(四民)[2]에 대한 공사는 닦지 않고 위력으로 공사를 힘쓰니 44방(坊)[3] 남원 고을에 사는 백성들이 원망하는 것을 모르시오? 이 사지를 갈아 없어진대도 사생 동거하자고 맹세한 우리 낭군은 사생간에 잊지 못하겠소."

다섯번째를 때린다.

"오륜의 윤기가 아직 끊어지지 않았고, 부부가 유별하오. 오행으로 맺은 연분을 아무리 올올이 찢어낸대도 오매불망하는 우리 낭군을 잊을 수는 없소. 오동나무

---

1) 三從之禮→의례에 보면, 「부인에게는 삼종의 의리가 있다. 그것은 시집가기 전에 아비를 따르고, 시집가서는 남편을 따르며, 남편이 죽으면 자식을 따른다」고 했다.
2) 四民→사농공상의 네 가지 업을 가진 모든 백성들.
3) 44坊→남원은 44방으로 되어 있다.

가을 밤에 밝은 저 달은 임 계신 곳에도 비쳐 주련만. 오늘이나 편지가 올까, 내일이나 기별이 올까. 아무 죄 없는 이 몸이 허무하게 죽을 이치 없사오니 오결(誤決)하지 마옵소서. 애고애고 이내 신세야!"

여섯번째를 때린다.

"6 6은 36으로 낱낱이 살펴보아 아무리 6만 번을 죽인대도 6천 마디에 얽힌 사랑과 간장에 맺힌 마음은 변할 수가 없소."

일곱번째를 때린다.

"내가 칠거지악을 범했단 말이오. 칠거지악을 범하지 않았으면 일곱 가지 형문을 하는 것은 웬일이오. 7척 되는 긴 칼로 이 몸뚱이를 잘라서 어서 죽여 주시오. 매를 치라고 하는 저 형방은 매칠 때 살펴서 치오. 칠보(七寶)[4]처럼 아름다운 얼굴 내가 죽겠소."

여덟번째를 때린다.

"팔자 좋던 춘향의 몸이 이제 팔도 방백 수령 중에서 제일가는 명관을 만났구려. 팔도 방백 수령님네들은 백성 다스리려 내려왔지 악형하려고 내려왔소?"

아홉번째를 때린다.

---

4) 七寶→佛說에 의하여 칠보는 네 가지 종류로 설명되어 있다. 현장의 반야경에는, 「금·은·유리·거거·마노·호박·산호」라고 써어 있다. 여기에서는 곱다는 뜻으로 쓴 것임.

"아홉 구비 이 간장에서 나오는 눈물이 9년 홍수가 되겠구나. 구구[5]의 긴 소나무 베어다가 청강선을 만들어 타고서 한양성 안으로 급히 가서 구중 궁궐에 계신 성상님 앞에 억울한 사정을 아뢰고 아홉 층 대궐 뜰에 물러나와 삼청동으로 찾아가서 우리 사랑을 반갑게 만나 간장에 맺힌 한을 깨끗이 풀었으면."

열번째를 때린다.

"십생구사하는 한이 있더라도 80년 살자고 정한 뜻을 10만 번 죽는대도 변케 할 수는 없을거요. 16세 어린 춘향이 매맞다가 죽은 원통한 귀신이 되다니 가련한 일이오."

열 대를 치면 그만둘 줄 알았더니 열다섯 대를 호되게 때린다.

"십오야 밝은 달은 구름 속에 묻혀 있고, 서울에 계신 우리 낭군 집 삼청동은 어디에 묻혀 있는 게냐. 저 달은 보련만 임 계신 곳을 나는 왜 보지 못하는가."

계속하여 스무 대를 치고서도 그치지 않고 스물다섯 대를 때린다.

"이십오 현(二十五縣)[6]을 달 아래에 타노라니 맑은

---

5) 九皐→구절택 깊은 곳. 詩經에 보면, 「학이 구구에서 우니, 그 소리가 하늘까지 들린다」라고 했다.

6) 二十五顯→비파. 전기의 歸雁詩에 보면, 「滿湘何事等閑回 水碧沙明兩崖苔 二十五縣彈夜月 不勝淸怨却飛來」라고 했다.

원망을 이기지 못하여 날아오는 저 기러기야! 너는 이제 어디로 가려느냐. 네가 가는 길로 한양으로 가서 삼청동에 계신 우리 임에게 내 말을 부디 전해다오. 내가 지금 당하는 형상을 자세히 보고서 부디 잊지 말고 전해 다오."

37

춘향의 꼴은 말이 아니다. 도리천 어린 마음을 옥황[1]님 앞에나 아뢰어 볼까.

옥같이 고운 춘향의 몸에서 피가 솟아 흐르고 눈에서는 눈물만이 흐른다.

피와 눈물이 한데 흘러서 마치 무릉도원에서 복사꽃이 흘러내리는 것과도 같이 붉기만 하다.

춘향은 점점 발악을 한다.

"소녀를 이렇게 할 것이 아니라, 죽여서 몸뚱이를 토막지어 아주 박살을 내 주시오. 그렇게 하면 죽은 뒤에 두견이라는 새가 되어 초혼조(楚魂鳥)[2]와 함께 울어서 적막한 빈 산 달밝은 밤에 우리 도련님 잠들거든 꿈이

1) 玉皇→옥황상제. 도가에서 말하는 하느님.
2) 楚魂鳥→초회왕 웅괴가 장의에게 속아서 진의 무관에 들어갔다가 억류되어 죽은 뒤에 환생해서 새가 되었다. 그 새를 초혼새라고 한다.

나 깨게……"

말을 끝내지 못하고 춘향은 기절해 쓰러지고 만다.

옆에 있던 형방과 통인은 눈을 들어 춘향을 보고는 눈물을 씻는다. 매질하던 사령도 역시 눈물을 씻고 돌아서면서 한 마디 한다.

"에잇! 사람의 자식으로는 이 짓 못하겠다."

좌우에서 구경하던 사람과 춘향에게 형벌을 거행하고 있던 관속들도 모두 눈물을 쏟으며 돌아선다.

"춘향의 매맞는 꼴은 사람의 자식으로서는 못 보겠다. 모질기도 하다. 춘향의 정절이 모질기도 하구나. 춘향은 아무래도 하늘이 낸 열녀인가보다."

남녀노소 할것없이 서로 눈물을 흘리면서 돌아서니 아무리 사또라 해도 마음이 좋을 리는 없다.

"너 이년! 관청에서 발악하고서 매를 맞으니 좋을 게 무어냐. 일후에도 또 이렇게 관장을 거역하겠느냐?"

반쯤은 죽고 반쯤은 살아 있는 춘향이는 그래도 발악이 대단하다.

"여보시오. 사또! 들으시오. 이렇게 남에게 한을 품게 하여 사람의 생사를 모를 만큼 형벌을 하다니 어찌 그리 이치를 모르시오. 계집이 한번 마음 속에 깊이 원한을 품으면 무더운 오뉴월에도 서리가 치는 법이오. 원한을 품는 영혼이 날아서 하늘로 다니다가 우리 성군 계신 곳에 가서 이런 억울한 사정을 아뢰고 보면 사똔

들 무사할 줄 아시오. 제발 어서 죽여 주시오?"

사또는 또 한번 기가 막힌다.

"허허! 그년! 말 못할 년이로구나. 그년에게 큰 칼[3]을 씌워서 옥에 가두어라."

이내 춘향에게 큰 칼을 씌워 채운 다음, 옥쇄장이 등에 업혀서 삼문 밖으로 나온다.

기생들이 그 뒤를 따라 나오면서 저마다 말한다.

"아이고, 서울집아! 정신차리게. 아이고 불쌍도 해라."

기생들은 춘향의 사지를 주물러준다. 약도 갈아서 입에 넣어준다. 이들은 서로 보면서 눈물을 흘리고 있다.

이 중에 키 크고 속없는 낙춘이라는 기생이 달려오면서 소리를 친다.

"얼씨구 절씨구 좋을씨구. 우리 남원에도 정문(旌門) 세울 열녀 하나 생겼구나."

낙춘이는 와락 대들어 춘향을 잡으면서,

"아이고 서울집아! 불쌍도 해라."

하고 호들갑을 떤다.

이렇게 한참 야단이 났는데, 춘향의 모친은 비로소 이 소식을 듣고 달려온다.

춘향의 목을 껴안고 또 한바탕 법석이 시작된다.

---

3) 큰 칼→중죄인의 목에 씌우던 형구.

"애고 이게 웬일이냐. 내 딸이 죄는 무슨 죄가 있으며, 매는 무슨 매를 때린단 말이오. 관청의 집사님네와 질청(秩廳)[4]의 이방님네, 내 딸이 무슨 죄가 있단 말이오. 관청의 두목들이나 매때리던 옥쇄장들아! 나하고 무슨 원수가 있더냐. 아이고, 내 일이 왜 이렇게 되었느냐. 나이 70이나 된 늙은 것이 아무데도 의지할 곳이 없게 되었구나. 무남독녀인 내 딸 춘향이를 규중에서 귀중하게 길러내어 밤낮으로 책만 펴놓고 예기의 내측편(內則篇)[5]을 공부하기 일삼지 않았던가. 그럴 때 나보고 말하기를, 「아들 없는 것을 슬퍼 마시오. 외손으로 봉사시키면 되지 않겠소?」 하고 어미에게 지극한 정성을 기울였으니 그 효성이 옛날 곽거(郭巨)[6]나 맹종(孟宗)[7]인들 내 딸보다 더할 수 있겠소? 자식을 사랑하는 법이야 인간의 상·중·하가 다를 리 있는가.

---

4) 秩廳→군아에서 아전이 일을 보던 곳. 작청이라고도 함.

5) 內則篇→예기의 편명. 남녀 거실하는 법과 친부모와 시부모를 섬기는 법을 기록한 글.

6) 郭巨→한나라 때 효자. 집이 가난한데 어린아이들이 노모의 음식을 탐내는 것이 민망하여 땅에 묻으려고 산으로 데리고 가서 땅을 팠더니, 거기에서 황금으로 만든 솥이 나왔다. 그리고 그 솥에 쓰기를, 「이것은 관청에서도 뺏지 못하고, 딴 사람이 갖지도 못한다. 오직 곽거에게 준다」라고 했다는 것이다.

7) 孟宗→삼국시대의 효자. 맹종의 어머니가 죽순이 먹고 싶다고 하는데 겨울철이어서 아직 죽순이 나지 않았다. 맹종이 竹林 속에 들어가 빌었더니 죽림에서 죽순이 나왔다는 고사가 있다.

그러했던 내 딸이 이 모양이 되었으니 이제부터는 내 마음 둘 곳이 없소. 가슴 속에 불이 붙어서 한숨이 연기가 되어 나오는구나. 여보 김 번수, 이 번수야! 윗사람의 영이 아무리 엄하다 하더라도 이렇게 매를 모질게 때렸단 말인가. 아이고 내 딸 매맞은 것 보소. 빙설같이 곱던 다리에 붉은 피가 맺혔네. 명문가의 규중 부인들은 눈 먼 딸이라도 두기를 원하더라. 너는 왜 그런 집에 가서 태어나지 못하고 하필이면 기생 월매의 딸이 되어서 이 지경을 당한단 말이냐. 춘향아! 정신 차려라. 아이고 아이고. 내 신세가 이 꼴이 웬일이란 말이냐!"

춘향의 모친은 여기에서 잠시 숨을 돌리더니 향단을 부른다.

"향단아! 어서 삼문 밖에 나가서 삯군 두 사람만 사오너라. 서울에 쌍급주(雙急走)[8]를 보내야겠다!"

그러나 춘향은 그 어머니가 서울에 쌍급주를 보내단 말을 듣고 급히 이를 말린다.

"어머니! 그만 두시오. 그게 무슨 말씀이오. 만일 쌍급주가 서울에 올라가서 도련님께 이 소식을 전하고 보면 층층 시하(侍下)에 어찌할 줄을 몰라 마음이 울적해서 병이 생기기 쉬운 일이오. 그렇게 되고 보면 이것도

---

8) 雙急走→두 사람이 함께 달음박질하는 것.

역시 내 잘못이 되오. 아예 그런 말 말고 어서 옥으로 갑시다."

38

춘향은 할 수 없이 옥쇄장의 등에 업혀서 옥으로 들어간다.

향단은 춘향이 쓴 큰 칼의 앞을 들고 춘향의 모친은 뒤를 들어 옥문 앞에 당도했다.

"옥 형방! 문을 여시오. 옥 형방 어디 갔소?"

형방의 안내로 옥으로 들어갔다.

옥방은 말이 아니다.

부서진 대나무 창문 틈으로 바람이 쏘는 듯이 불어온다.

무너진 벽과 다 해진 자리, 그 중에 벼룩과 빈대가 덤벼드니 몸을 가눌 수가 없다.

춘향은 기가 막혔다.

옥방에 앉아서 장탄가(長歎歌)를 부르기 시작한다.

이 내 몸이 무슨 죄냐.
나라 곡식 훔쳐 먹지 않았는데
엄한 형벌, 중한 매질이 웬일이냐.
사람을 죽인 죄인이 아닌데

항쇄(項鎖)[1], 족쇄(足鎖)[2]가 웬일이냐.

역적질이나 강상(綱常)을 범한 죄인[3]이 아닌데

사지를 결박한 것이 웬일이냐.

남녀간에 간통한 죄인이 아닌데

이런 형벌이 웬일이란 말이냐.

삼강[4]의 물은 벼루물을 하고

푸른 하늘 같은 한 장 종이에

내 슬픔과 억울한 심정을 적어

옥황님 앞에 올리고 싶네.

낭군이 그리워 답답한 가슴에 불이 붙는구나.

한숨은 바람이 되어 이 불을 더 부쳐주니

속절없이 나는 죽겠구나

홀로 서 있는 저 국화꽃은

그 높은 절개 거룩도 하다.

눈 속에 서 있는 저 푸른 소나무는

천고의 굳은 절개를 지켰구나.

---

1) 項鎖→목에 채우는 형구.

2) 足鎖→발에 채우는 형구.

3) 綱常罪→부모나 남편을 죽인 죄. 종이 주인을 죽인 죄. 관노가 관장을 죽인 죄.

4) 三江→삼강에 대해서는 여러 가지 설이 있다. 즉 오송강·누강·동강이라는 水經의 설과 五老峰爲華 三湘作碩池 青天 張紙 寫我腹中詩란 이데백의 시의 三湘이라는 설. 湘潭·湘鄉·湘陰을 삼상이라고 한다는 樂史의 설 등이 있다.

푸른 저 소나무는 나와 같고
누른 저 국화는 낭군과 같아라.
슬픈 생각에 뿌리는 것은 눈물이오
적시는 것은 한숨일세.
한숨은 맑은 바람을 삼고
눈물은 가는 비를 삼아
맑은 바람이 가는 비를 몰아다가
불고 뿌리고 해서 임의 잠을 깨웠으면.
견우성과 직녀성은
칠석날에 서로 만날 때
은하수가 가로막혀 있어도
한 번도 만날 기약을 어긴 일 없었네.
그러나 우리 낭군 계신 곳에는
무슨 물이 막혀 있기에
소식조차 못 듣고 있는가.
살아서 이렇게 그리워하느니보다는
아주 죽어서 잊었으면 좋겠네.
차라리 이 몸이 죽어
빈 산에 사는 두견새가 되어
배나무 꽃피고 달 밝은 삼경 밤에
슬피 울어서 낭군 귀에 들리게 하고 싶네.
또는 맑은 강의 원앙새가 되어
짝을 부르고 다니면서

그 다정하고 유정한 것을
임의 눈으로 보게 하고 싶네.
또는 삼춘의 나비가 되어
향기 묻은 두 날개로
봄빛을 자랑하면서
낭군의 옷소매에 날아 앉고 싶네.
또 푸른 저 하늘의 밝은 달이 되어
밤만 되면 돋아 올라와서
밝고 밝은, 그 밝은 빛을
임의 얼굴에 비치고 싶네.
이 몸의 간장에 썩은 피로
임의 화상을 그려 내서
방문 앞에 족자처럼 걸었다가
들 때 날 때마다 보고 싶네.
수절하고 정절 지키던 절대의 가인이
이제 이렇게 참혹하게 되었구나.
무늬가 좋은 형산의 백옥이
진토 속에 묻혀 있는 듯
향기로운 상산사호(商山四皓)가 먹던 지초가
잡풀 속에 섞여 있는 듯하네.
오동나무 속에 놀던 봉황새가
가시나무에 깃들이는 듯
옛날로부터 성현들도

죄없이 죽은 이가 있네.
요순우탕(堯舜禹湯) 임금들도
걸(桀)과 주(紂)의 포악으로 해서
하대옥(夏臺獄)[5]에 갇혔다가
도로 풀려 나와서 성군이 되었네.
밝은 덕으로 백성을 다스린 주문왕도
상(商)의 주왕에게 해를 입어서
유리[6]의 옥에 갇혔다가
도로 풀려서 성군이 되었네.
만고의 성현이신 공자도
양호(陽虎)의 화를 만나서
광야(匡野)[7]에 갇혔다가
도로 놓여서 대성되었네.
이러한 모든 일로 본다면
죄없는 이 몸도
다시 살아나서 세상 구경할 것인가
답답하고 원통하구나
나를 살릴 사람은 그 누가 있을까
서울에 계신 우리 낭군
벼슬 길로 이곳에 내려와서

---

5) 夏臺獄→걸의 옥 이름.
6) 羑里→은의 옥 이름.
7) 匡野→광땅의 들.

이렇듯이 죽어가는 내 목숨 못 살리실 건가.
여름철 구름은 기이한 봉우리에 많은 법
산이 높아서 못 오르는 건가.
금강산 저 높은 봉우리가
평지가 되어야 오시려는가.
저 병풍에 그린 누른 닭
두 날개를 툭툭 치고 사경 한점이 되어
날이 새라고 울면 오시려는가.
애고애고 내 임이여!

노래를 마치고 옥방(獄房)의 대나무 창을 여니 밝고 깨끗한 달빛은 방 안으로 가득히 들어온다.

나이 어린 춘향은 혼자 앉아서 달을 쳐다보고 묻는다.

"저 달아! 나를 보느냐. 임 계신 곳 좀 비쳐 보게 그 밝은 기운을 내게 좀 빌려 주어라. 우리 임이 지금 누워 있더냐. 본 대로만 네가 말해서 내 수심을 풀어다오."

39

이렇게 슬프게 울다가 춘향은 잠깐 잠이 들었다.

꿈길기도 하고 생시인 듯도 하여 나비가 장주가 되고 장주가 나비도 되어본다.

그러는 동안에 가는 비처럼 조금 남은 혼백이 바람과도 같고, 구름과도 같이 날아서 어느 한 곳에 이르렀다.

그곳은 하늘도 넓고 땅도 광활하다. 산도 아름답고 물도 곱게 흐르는데, 은은히 뵈는 내 숲속에 한 채 화각이 공중에 솟아 있다.

대체로 귀신이 세상을 다니는 법은 큰 바람이 일어나면서, 혹은 하늘 위로 올라가기도 하고 땅 속으로 들어가기도 한다. 춘향도 잠깐 조는 꿈 속에 강남의 수천리 땅을 다 다니게 된다.

화각이 있는 곳을 찾아가서 전면을 살펴본다.

황금 글씨로 커다랗게

"만고정렬 황릉지묘(萬古貞烈黃陵之廟)[1]"

라고 써 있다.

춘향은 몸과 마음이 황홀해진다. 그 앞에서 서성거리고 있는데 천연스럽게 생긴 낭자 셋이 나온다.

그 세 사람 낭자는 딴 사람이 아니다. 석숭의 사랑하는 첩 녹주(綠珠)[2]가 등롱을 들었고, 진주 기생 논개

---

1) 黃陵廟→동정호구에 있음. 우순의 두 비 아황·여영의 사당.

2) 綠珠→석숭의 애첩, 석숭은 진나라 석포의 아들. 자는 계륜. 몹시 부자로 살았다. 그의 애첩 녹주는 얼굴이 아름답고 피리를 잘 불었다. 손수가 녹주를 데려가려 하자 석숭은 이를 거절했다. 이것으로 죄를 얻어 잡혀가게 되자 녹

와, 평양 기생 월선이 뒤에 따라 나온다.

이들 세 사람은 춘향을 안내해 가지고 내당으로 들어간다.

내당 마루 위에는 흰 옷을 입은 두 부인이 옥 같은 손을 들어 춘향을 올라오라고 청한다.

그러나 춘향은 사양한다.

"티끌 세상에 사는 천한 계집이 어찌 황릉묘(黃陵廟)에 오르겠습니까?"

부인들은 이 말을 기특히 여겨 올라오라고 재삼 청한다.

춘향은 너무 사양할 수가 없어 마루 위로 올라선다.

부인들은 춘향에게 자리를 주어 앉힌 뒤에 말한다.

"네가 춘향이냐. 참으로 기특하구나. 일전에 조회에 참석하기 위하여 요지의 연회에 올라갔더니 네 말이 많이 나오더구나. 그래서 너를 간절히 한 번 보고자 해서 이제 너를 청했으니 몹시 미안하구나."

춘향은 두 번 절하고 아뢴다.

"소녀가 비록 무식하오나 옛날 글을 보고서, 죽은 뒤에나 존안을 뵈올까 하였습니다. 지금 이렇게 황릉묘에서 모시어 뵙고 보니 황공하고도 슬픈 마음이 듭니다."

상군·상부인[3]이 말한다.

주는 樓下에 떨어져 자살했다.

3) 湘君·湘夫人→二妃, 상군은 아황. 상부인은 여영.

"우리 순임금 대순씨(大舜氏)가 남쪽을 순행하시다가 창오산에서 돌아가시니 의지할 곳 없는 이 두 몸이 소상강 대나무 숲에 피눈물을 뿌려서 대나무 가지마다 아롱지고 잎마다 원한이 맺혔다. 이태백의 시에, 「창오산이 무너지고, 삼상의 물이 끊어지고서야, 반죽 위의 눈물이 이제야 없어질 것이로다(蒼梧山崩湘水絶 竹上之淚乃可滅)」 했다. 이렇게 천추에 깊은 한을 하소연할 곳이 없었다. 그러더니 이제 네 절개와 행실이 기특하기로 불러서 말하는 것이다. 송죽같이 굳은 절개가 몇 천년을 가도 깨끗하기에 순임금이 타시던 다섯 줄 거문고와 남풍시[4]를 지금까지 전하느니라."

이렇게 이야기하고 있을 때 어떤 부인이 말을 건넨다.

"춘향아! 나는 진루[5]의 달 밝은 밤에 옥퉁수를 불다가 신선이 된 농옥(弄玉)[6]이다. 나는 소사의 아내로서 태화산에서 남편과 이별하고 용을 타고 날아간 뒤에 그것이 한이 되어 옥퉁수를 부는 것으로 원한을 풀었다.

---

4) 南風詩→순의 남풍가. 순은 자기 손으로 오현금을 만들어 가지고 남풍가를 노래했다.
5) 秦樓→이태백의 詞에, 「簫聲咽秦娥 夢斷秦樓月」이라 했다.
6) 弄玉→진목공의 딸. 선인 소사의 아내. 소사는 퉁수를 잘 불었다. 그가 퉁수를 불면 공작과 백학이 뜰에 날아왔다. 목공의 딸 농옥을 아내로 삼아서 입으로 봉새의 소리를 내도록 가르쳤다. 농옥이 봉새의 소리를 내면 봉황새들이 날아온다. 그녀는 봉황과 함께 놀다가 언젠가 함께 날아가 버렸다. 그래서 진인들이 鳳女祠를 지었는데 때때로 그 속에서 퉁수 소리가 났다고 한다.

그러니 이야말로 선인 왕자교를 노래한, 「곡조가 끝나자 날아가니 간 곳 알 수 없는데, 산 밑의 벽도화만 봄에 스스로 핀다(曲終飛去不知處 山下碧桃春自開)」는 말과도 같구나."

또 딴 부인이 나와서 한 마디 말을 건넨다.

"나는 한나라 궁녀 왕소군이다. 오랑캐 땅으로 잘못 시집갔다가 한 주먹 청총(靑塚)만 남았다. 말타고 가면서 탄 비파 한 곡조에 말했듯이, 「그림 보아서 아름다운 얼굴 알게 되었고, 차고 있는 고리는 부질없이 달밤에 넋만 돌아왔다(畵圖省識春風面 環佩空歸月夜魂)」 그러니 어찌 아니 원통하겠느냐."

한동안 이렇게 말하고 있는데 음산한 바람이 일어나면서 촛불이 너울너울 춤을 추더니 무엇인가 촛불 앞으로 달려든다.

춘향은 놀라서 자세히 살펴본다. 그것은 사람도 아니요, 귀신도 아니다. 희미한 속에 울음 소리가 슬프게 들린다.

"여봐라. 춘향아! 너는 나를 모를 것이다. 나는 누구냐 하면 한나라 고조의 아내 척부인(戚夫人)[7]이다. 우리 황제께서 등극하신 뒤에 여후의 독한 솜씨로 내 손

---

7) 戚夫人→척희. 한고조의 애희. 여후와 태자 때문에 틈이 생겨 여후가 手足을 자르고 눈을 빼고 귀를 벤 다음 변소에 가두고 人塚이라 했다는 고사가 있다.

과 발을 자르고 두 귀에 불을 붙이고 두 눈을 뺀 뒤에 벙어리되는 약을 먹여서 변소 속에 가두어 두었었다. 그러니 천추에 깊은 한을 어느 때에나 풀어보랴."

이렇게 우는데 아황·여영 두 부인이 말한다.

"이곳은 사람과 귀신의 길이 판이하게 다르고, 가는 길이 서로 각각 나뉘어 있으니, 오랫동안 머물러 있지는 못할 것이다."

40

부인들은 여동을 불러서 춘향을 돌아가게 한다.

이때 깊숙한 방 안에서 울려 나오는 귀뚜라미 소리는 시룽거리고, 한 쌍의 나비는 훨훨 난다.

춘향은 깜짝 놀라 깨었다. 꿈이었다.

꿈 속에서는 또 창 밖의 앵두꽃이 떨어져 보이고, 화장하는 거울 한복판이 깨져 보였다. 그리고 드나드는 문 위에 허수아비가 매달려 보였다.

꼭 불길한 꿈만 같았다.

춘향은 속으로,

「내가 죽을 꿈이로구나.」

생각하고 걱정으로 밤을 샌다.

기러기가 울며 날아가니 한 조각 서강에 비친 달에 행안남비(行雁南飛)가 이것이 아니냐.

밤은 깊어서 삼경이 되었고, 궂은 비는 퍼붓는데 도깨비는 삑삑거리고, 새 소리는 요란하구나. 문풍지도 펄렁거리는데 귀신들이 운다.

어지러이 매를 맞아 죽은 귀신, 형장을 맞아서 죽은 귀신, 목졸려 대롱대롱 매달려 죽은 귀신들이 사방에서 우니 귀신 우는 소리가 요란하구나.

방 안에서도 울고, 추녀 끝에서도 운다. 마루 아래서도 애고애고 운다. 이런 귀신 울음 소리 때문에 이제는 잠들 수가 없다.

춘향이가 처음에는 이러한 귀신들의 울음 소리에 정신없이 앉았었다. 그러나 여러번 듣고 나니 이제는 겁도 없어졌다. 귀신들의 울음 소리는 이제 청승스러운 굿거리나 삼잡이[1] 가느다란 음악 소리로 들린다.

춘향은 듣고 있다가 한 마디 한다.

"이 몹쓸 놈의 귀신들아! 나를 잡아가려거든 조르지나 말려무나. 「암급급여율령 사바쐐!(唵急急如律令娑婆闕)」[2]"

이렇게 진언을 외우고 나서 앉아 있다.

---

1) 삼잡이→장고·거문고·피리의 세 가지 악기.
2) 唵急急……→진언의 끝에 쓰는 말. 암은 梵祝에 많이 쓰는 發語辭. 苻呪에는 말구에 흔히 급급여율령이라고 쓴다. 율령은 雷邊捷鬼의 이름이다. 사파는 娑婆訶의 약어로서 범어에서 散去의 뜻으로 쓰인다. 闕는 詞, 또는 嘞嘞의 대어로서 呪末에 쓰는 말이다.

이때 옥문 밖에서 소경 하나가 지나간다. 그 소경이 서울 소경 같았으면,

"문수(問數)[3]하오!"

하고 지나갈 것이다.

그러나 이 소경은 시골 소경이어서,

"문복(問卜)하오!"

하고 외우면서 지나간다.

춘향은 그 말을 듣고 소경 점장이를 부르라고 문 앞에 있는 어머니를 부른다.

"어머니! 저 봉사[4]좀 불러 주시오."

춘향 어머니가 봉사를 부른다.

"여보! 저기 가는 봉사님!"

봉사는 대답한다.

"그게 누구요?"

"춘향 어미요."

"어째서 나를 찾는가?"

"우리 춘향이가 옥중에서 봉사님을 잠깐 오시라고 하오."

봉사는 싱긋이 한 번 웃고서 말한다.

"나를 찾기는 의외인걸. 내 가지."

저만큼 갔던 봉사는 다시 옥 앞으로 간다. 춘향 어머

---

3) 問數→운수를 묻는 단 말.

4) 奉事→소경. 청맹을 봉사라 한다.

니가 봉사의 지팡이를 잡고 길을 인도한다.

"봉사님! 이리 오시오. 이것은 돌다리요, 이것은 개천이요, 조심해서 건너시오."

봉사는 앞에 개천이 있어서 뛰어보려고 몹시 벼르다가 한 번 펄쩍 뛴다. 그러나 소경의 뜀질이란 멀리 뛰지는 못하고 올라갈 만한 길이나 올라가기 마련이다.

멀리 뛴다는 것이 그만 개천 한가운데 가서 풍덩 빠져버렸다. 그뿐인가, 기어 나오려고 애쓰던 봉사는 그만 개똥을 손으로 짚고 말았다.

"아뿔사. 이게 필경 똥이지?"

손을 들어 맡아보고는 봉사는 또 한 마디 한다.

"이건 바로 묵은 쌀밥 먹고 썩은 놈이로구나."

손을 뿌린다는 것이 이번에 돌부리에 부딪힌다. 부지중 다친 손가락을 입에 넣고 아픈 것을 참는데 먼 눈에서 눈물이 뚝뚝 떨어진다.

"애고애고, 내 팔자야. 조그만 개천 하나 못 건너고 이런 변을 당하다니 누구를 원망하고 누구를 탓하리. 내 신세를 생각하니 천지 만물을 하나도 보지 못하고 밤과 낮을 알 수가 있으며, 사시절을 알 수가 있겠느냐. 봄철을 당한들 복숭아꽃, 배꽃 핀 것 내가 알 수가 있으며, 가을철을 당하니 누런 국화나 붉은 단풍을 알 수가 있단 말이냐. 부모를 알아 보겠느냐. 처자를 알아 보겠느냐. 친구들을 알아 보겠느냐. 세상 천지와 일월성신과 후박과 장단을 모르고서 언제나 밤중같이 지내다가 결국에 와서 이 지경이 되었구나. 옛말에, 「소경이 그르냐. 개천이 그르냐.」했듯이 소경 내가 그르지 본래부터 생겨진 개천이 그르다고 하랴."

소경은 혼자 탄식하면서 넋두리를 하고 운다.

춘향의 모친은 이를 위로한다.

"봉사님! 그만 우시오."

봉사를 목욕시켜 새 옷을 입혀서 옥문 앞으로 당도한다.

춘향은 몹시도 반가워한다.

"아이고, 봉사님! 어서 오시오."

봉사도 춘향이가 일색이란 말을 들어서 아는 터이다. 춘향의 음성을 듣고 속으로 반가워한다.

"음성을 들으니 춘향 각신가보네."

"예! 제가 춘향입니다."

"내가 진작 와서 자네를 한 번이라도 볼 것이지만, 가난한 사람은 일이 많은 법이어서 지금껏 와 보지 못하고 이제 겨우 자네들이 청해서 왔으니 인사가 아닐세."

"그럴 리가 있겠소? 눈도 어두우신데 노래(老來)에 근력이 어떠시오."

"내 염려는 말게. 그러나 저러나 나를 왜 청했는가."

"예! 다름이 아니오라, 간밤에 흉한 꿈을 꾸었기에

해몽도 하고, 또 우리 낭군이 어느 때에 나를 찾을는지 길흉 여부를 점해 달라고 청한 것이오."

"그렇게 하게."

41

봉사가 점을 치기 시작한다.

"정이태시 유상천 경이축 축왈 (正爾泰筮有常天敬而祝祝曰[1]), 천하언재(天何言哉)시며, 지하언재(地何言哉)시리오마는 고지즉응(叩之卽應)하시나니 신기영의(神旣靈矣)시니 감이수통언(感而遂通焉)하소서.[2]

길흉을 알지 못하고 의심을 풀지 못하오니, 신령께서는 밝게 가르쳐 주시옵소서. 옳든지 그르든지 묻기만 하면 곧 아시는 신령이 아니십니까.

복희씨·문왕·무왕·태공, 주공과 공자·안자·증자·자사·맹자의 다섯 성현과 공자의 제자 72현과 안자를 비롯한 공자의 제자 십철과 제갈공명 선생·이순풍[3]·소강절·정명도·정이천·주렴계·주회암·엄군

---

1) 正爾泰筮……→정이태시의 유상천으로 경의를 표하면서 비옵나니란 뜻. 태시는 점장이의 경칭.

2) 天下言哉……→하늘이 무슨 말을 할 것이며, 땅이 무슨 말을 하리오마는, 두드리면 곧 감응할 수가 있을 것입니다. 신령께서 이미 영험하시니 감동하여 드디어 통하시옵소서란 뜻.

3) 李淳風→당나라의 方術家.

평[4] · 사마군[5] · 귀곡[6] · 손빈 · 소진 · 장의 · 왕보사[7] · 주원장 모든 선생들은 밝게 살피셔서 밝게 기억하시옵소서.

마의 도자[8] · 구천현녀[9] · 육정 · 육갑[10] 신장이여! 연월 일시를 스스로 알아 함께 도와서 괘를 벌리는 동자와 괘를 이룩하는 동남은 빈 공중에도 느낌이 있는 것이니 본가에서 봉사하는 제사에 밝은 신령은 보향의 냄새를 맡고 원컨대 여기에 강림하시옵소서.

전라도 남원부 냇가에 사는 임자생의 열녀 춘향이 어느 달 어느 날에 옥중에서 풀려 나겠습니까. 또 서울 삼청동에 사는 이몽룡은 어느 달 어느 날에 여기에 오겠습니까. 엎드려 비옵건대 모든 신명께서는 밝게 가르쳐 주시옵소서."

봉사는 산통[11]을 절렁절렁 흔들더니,

"어디 보자. 1234 567! 허허! 좋다. 상괘로구나. 간괘[12]로구나. 물 속에서 놀던 고기가 그물을 피하니 작

---

4) 嚴君平→이름은 준. 한나라의 방술가로서 은거부사했음.
5) 司馬君→사마광을 말함. 자는 君實. 宋의 정치가이자 유학자.
6) 鬼谷→귀곡 선생. 춘추시대의 종횡가인 소진·장의의 스승.
7) 王輔嗣→조위의 왕필. 보사는 그의 자. 유학자.
8) 麻衣者道→송나라의 관상가.
9) 九天玄女→상고의 선녀.
10) 六丁·六甲→모두 도교의 神名. 육정의 육갑 중의 丁神.
11) 算筒→점을 칠 때 쓰는 점대를 놓는 통.

은 것으로 큰 것을 이루는구나. 옛날 주나라 무왕이 벼슬할 때 이 괘를 얻어가지고 성공하여 고향으로 돌아왔다. 어찌 아니 좋단 말이냐. 천리 먼 곳에서 서로 아주 친한 사람을 만나는구나. 자네 낭군이 머지 않아 내려와서 자네 한을 풀어주겠네. 아무 걱정 말게. 참 좋은 점괘로군!"

춘향이 대답한다.

"말대로 그렇게만 된다면 오죽이나 좋겠습니까. 간밤에 꾼 꿈 해몽이나 좀 해주시오."

"어디 자세하게 말해 보게."

"단장하던 거울이 깨져 보이고, 창 앞에 핀 앵두꽃이 떨어져 보이고, 문 위에 허수아비가 매달려 뵈고, 태산이 무너지고 바닷물이 말라 뵈었으니 내가 죽을 꿈이 아닌가요."

봉사는 한참이나 생각하다가 말한다.

"그 꿈 참 좋다. 꽃이 떨어지니 능히 열매가 맺을 것이요, 거울이 깨졌으니 어찌 소리가 나지 않겠는가. 문 위에 허수아비가 매달렸으니 사람마다 우러러볼 것이요, 바다가 마르면 용의 얼굴을 볼 수 있을 것이요, 산이 무너지면 평지가 될 것이다. 좋다. 쌍가마 탈 꿈이

---

12) 良卦→주역에 보면, 一乾天・二兌澤・三葛火・四震雷・五巽風・六坎水・七艮山・八坤地 등이 있다. 이 艮坤는 七艮山에 해당함.

로구나. 걱정 말게, 멀지 않았네."

이렇게 봉사와 한참 문답을 하는데 갑자기 까마귀 한 마리가 옥담 위에 와서 앉더니,

〈까욱! 까욱!〉

하고 운다.

춘향은 손을 들어 내저어 날려 보내며 또 탄식한다.

"방정맞은 까마귀야. 나를 잡아가려거든 조르지나 말려무나."

그러나 봉사는 이 말을 듣더니 말한다.

"가만 있자. 그 까마귀가 까욱까욱 하고 울었지?"

"예! 그랬어요."

"좋다, 좋다. 까 자는 아름다울 가(嘉) 자요, 옥 자는 집 옥(屋) 자다. 아름답고 즐겁고 좋은 일이 머지 않아 찾아와서 평생에 맺힌 한을 풀 것이니 조금도 걱정 말게. 지금은 복채[13] 천 냥을 준대도 받아가지 않을 것일세. 그 대신 내 점을 두고 보아서 이 다음에 영화롭고 귀하게 되거든 나를 괄시하거나 푸대접하지 말게. 나는 그만 가네."

"예! 평안히 가시오. 후일에 다시 만나뵙겠습니다."

봉사의 점괘를 들었지만 춘향은 여전히 탄식과 수심으로 세월을 보냈다.

---

13) 卜債→점장이에게 주는 점 값.

42

서울에 있는 이도령은 밤낮으로 시서와 백가서를 숙독해서 모르는 것이 없게 되었다.

이제 이도령은 글로는 이태백이요, 글씨로는 왕희지만큼이나 했다.

이때 국가에 경사가 있어 태평과[1] 과거를 보이게 되었다. 이도령은 책을 품에 안고 과거장으로 들어갔다.

좌우를 둘러보니 수많은 백성과 선비들이 일시에 임금께 절을 한다.

장악원 풍악의 맑고 아름다운 소리에 앵무새들이 춤을 춘다.

임금은 대제학을 시켜서 임금이 정하는 출제를 내게 했다.

도승지가 문제를 가지고 나와서 붉은 포장 위에 걸어 놓는다.

글제는

「춘당춘색고금동(春塘春色古今同)[2]」

이라 써 있다.

---

1) 太平科→국가의 경사가 있을 때 보이는 殿試.

2) 春塘春色→춘당대의 과제로서 당시에 가장 이름 높은 것인 듯. 춘당대는 지금 창경원 안에 있다. 「춘당대의 봄빛은 예나 지금이나 같다」는 뜻.

이도령은 글제를 살펴보니 전에 늘 보던 글이었다. 답안지를 펴 놓고 잠시동안 글을 생각하다가 용지연[3]에 먹을 갈아서 당황모 무심필[4]을 중간을 듬뿍 풀어서 왕희지의 필법에 조맹부의 체를 받아 써가지고 맨 먼저 답안지를 냈다.

시험관의 우두머리가 이도령의 글을 보더니 글자마다 비점[5]을 치고, 구절마다 관주[6]를 준다. 마치 용과 뱀이 하늘로 날아올라 가는 것 같고, 평평한 모래밭에 기러기가 날아내리는 모습과 같아 지금 세상의 큰 재주였다.

금방[7]에 이름을 써서 붙이고 이도령을 불러 임금이 손수 내리는 술 석 잔을 권한 다음에 장원으로 급제한 것을 발표했다.

새로 문과에 급제한 사람이 나올 적에는 머리에 어사화[8]를 꽂고, 몸에는 앵삼[9]을 입는 법이요, 허리에는 학대[10]를 띠는 법이다.

---

3) 龍池硯→용을 새긴 벼루.
4) 唐黃毛無心筆→중국에서 족제비털로 만든 붓.
5) 批點→시문이 잘된 곳에 주묵으로 점을 찍는 것.
6) 貫珠→시문의 묘한 곳에 주묵으로 동그라미를 치는 것.
7) 金榜→과시에 합격한 자를 金榜題名이라고 한다.
8) 御賜花→임금이 문무과 신방에 장원한 자에게 주던 종이로 만든 꽃.
9) 鶯衫→나이 어린 사람이 과거에 합격했을 때 입던 노랑빛의 예복.
10) 鶴帶→학의 수를 놓은 띠.

사흘 동안 여러 어른들을 찾아본 뒤에 산소에 가서 제사를 올리고 임금에게 숙배를 드렸다.

임금은 친히 이도령을 불러 본 뒤에 말한다.

"경의 재주가 조정에서 제일이다."

도승지를 불러 임금은 이도령에게 전라도 어사를 제수한다.

이도령은 항상 심중으로 몹시 바라던 벼슬자리였다.

임금은 이도령에게 수의[11]와 마패[12]와 유척[13]을 내준다.

이도령은 임금께 하직하고 자기 집으로 돌아간다. 철관[14]을 쓴 그 풍채는 마치 깊은 산속에서 나오는 사나운 범의 모습과도 같다.

부모께 작별인사를 드리고 곧 전라도로 향한다.

남대문을 나서서 서리[15]·중방[16]·역졸들을 거느리고 청파[17]역에 이르러 말을 탔다.

여기에서 칠패·팔패·배다리 등을 바쁘게 넘어서서

---

11) 繡衣→수를 놓은 옷. 암행어사의 별칭으로 쓴다.

12) 馬牌→대소관원이 공무로 지방에 나갈 때 역마를 징발할 때 쓰는 符信. 원형의 동패. 한쪽에는 자호와 연원일을 새겼고, 한쪽에는 말을 새겼다. 어사는 이것을 대용하는데 출두할 때 역졸이 손에 들고 「암행어사출두」라고 외친다.

13) 鍮尺→死獄의 검시나 또는 그밖에 쓰던 놋쇠로 만든 자.

14) 鐵冠→어사가 쓰던 갓.

15) 胥吏→오전.

16) 中房→수령의 종자.

17) 青坡驛→以下 각 지명.

밤전거리를 지나고 동작리를 얼핏 건너서 남태령을 넘어 과천읍에 이르러 점심을 먹었다.

이내 길을 떠나서 사근내 미륵원을 지나서 수원에서 잔다.

이튿날 대황교·떡전거리·진개울·중미를 거쳐 진위읍에서 점심을 먹고, 갈원·소사·애고다리를 거쳐 성환에서 잔다.

다시 이튿날 길을 떠나 상유천·하유천·새술막을 지나 천안읍에서 점심먹고, 삼거리·도리치를 거쳐 김제역에서 말을 갈아탄다.

신덕평·구덕평을 바쁘게 지나서 원터에서 잔다.

이튿날은 팔풍정·활원·광정·모란을 거쳐 공주 금강을 건너 금영에서 점심을 먹는다.

금영을 떠나 높은 행길이 있는 소개문·늘티를 지나 경천에서 잔다.

이튿날은 경천을 떠나 노성·풋개·사다리·은진·까치당이·황화정·지애미 고개를 지나 연산읍에서 잔다.

이튿날 어사는 서리와 중방을 불러 분부한다.

"여기는 전라도에서 처음 디디는 여산 고을이다. 나는 지극히 중요한 국가의 책임을 가지고 내려왔으니 만일 명령을 거행하지 못하면 죽음을 면치 못할 것이다."

43

어사는 이렇게 추상같이 호령하고 나서 다시 서리를 불러 분부한다.

"너는 좌도로 들어서서 진산·금산·무주·용담·진안·장수·운봉·구례의 여덟 고을을 순행하고서 아무 날 남원읍으로 대령하도록 해라."

어사는 다시 중방과 역졸에게 분부한다.

"너희들은 우도로 들어서서 용안·함열·임파·옥구·김제·만경·고부·부안·홍덕·고창·장성·영광·무장·함평으로 순행하다가 아무 날 남원읍으로 대령해라."

다시 종사를 부른다.

"너는 익산·김구·태인·정읍·순창·옥과·광주·나주·창평·담양·동복·화순·강진·영암·장흥·보성·홍양·낙안·순천·곡성을 순행하다가 아무 날 남원읍으로 대령하도록 해라."

이렇게 분부하여 각기 떠나 보내고 나서 어사또[1]는 행장을 유난스레 차린다.

모든 사람을 속이기 위해 모자도 없는 다 찢어진 갓에다가 벌이줄을 친친 매어가지고 품질 낮은 초사로 갓

---

1) 御史道→어사를 높여서 부르는 말.

끈을 달아 썼다.

당만 남은 헌 망건에 아교로 만든 관자를 노끈으로 당줄을 달아 쓴다. 의뭉스럽게 헌 도포에다가 무명실로 만든 띠를 가슴에 둘렀다.

살만 남은 헌 부채에 솔방울로 선종(扇鍾)[2]을 달아서 해를 가리고 거리로 나섰다.

어사또는 통새암·삼례에서 하룻밤을 자고, 이튿날 한내·주엽장이·가리내·싱금정 등을 구경하면서 숲정이·공북루 서쪽 문을 지나서 남문에 올라 사방을 둘러본다. 마치 중국 절강성(浙江省)에 있는 서호와, 양자강 남쪽을 강남에 옮겨다 놓은 것과도 같이 경치가 매우 좋다.

기린봉에 솟아오르는 달이라든지, 한벽당 밑을 흐르는 맑은 물, 남고사의 늦은 종소리, 건지산의 보름달, 다가산의 활쏘아 맞추는 과녁, 덕진지의 연꽃따기, 비부정에 날아드는 기러기, 위봉산성에 있는 폭포 등, 전주팔경(全州八景)을 모조리 구경하고 나서 이제부터는 차차 남의 눈을 속이는 암행 길로 들어선다.

이때 각 고을 수령들은 어사가 부임했단 말을 듣고 민정을 가다듬으며, 지난날의 잘못 처리한 공사가 탄로될까 염려되어 하인들을 들볶으니 하인들이 어찌 편하랴.

---

2) 扇鍾→부채 사북에 늘어뜨리는 장식. 사북은 부채의 살을 맞추기 위하여 밑등에 쇠 또는 뿔을 깎아 꽂은 곳.

이방과 호장은 넋을 잃었다. 회계를 맡고 있는 형방과 서기는 걸핏하면 도망치려고 신발을 단단히 신고 있다. 각 관청의 아전들은 모두 정신없이 분주하다.

어사또는 임실 구화뜰 근처에 당도했다. 이때는 마침 농사철이다. 농부들은 농부가를 부르면서 농사일이 한창이다.

어여로 상사디야
천리 천하가 태평할제
도덕이 높으신 우리 성군!
태평세월의 동요를 듣던
요임금의 성덕일세.
어여로 상사디야
순임금의 높은 성덕으로 내린 성기(成器)[3]!
역산에서 밭을 갈고
어여로 상사디야.

신농씨가 만드신 따비
천추만대에 길이 전하니
어이 아니 높은 일인가

---

3) 成器→그릇이 이루어짐. 순이 歷山에서 밭을 갈고, 雷澤에서 고기를 잡고, 河濱에서 질그릇을 굽고, 壽丘에서 집기를 만들었으니 여기에서는 집기 만든 것을 말함 것임.

어여로 상사디야.

하우씨 어진 임금
9년 홍수를 다스리고
어여로 상사디야.

은왕 성탕 어진 임금
7년 대한을 당했네
어여로 상사디야.

이 농사를 지어내어
우리 성군께 세금 바치고 남은 곡식을 장만하여
위로는 부모 섬기고,
아래로는 처자들을 기르네
어여로 상사디야.

백 가지 풀을 심어
1년 사시를 짐작하니
믿을 수 있는 게 백 가지 풀일세
어여로 상사디야.

높은 벼슬과 공명 누리는 좋은 호강
이 직업을 당할 수 있으랴

어여로 상사디야.

남쪽 밭과 북쪽 논을 일구어
배불리 먹고 편하게 살아보세
어여로 상사디야.

이렇게 농부들이 한참 노래를 부를 때 어사또는 지팡이를 짚고 서서 그 노래를 한참이나 듣고 있다가 혼잣말처럼 중얼거린다.

"허! 거기는 대풍(大豐)이로구나."

44

한쪽을 또 바라보니 거기에는 이상한 일이 있다.

중년 노인들이 끼리끼리 모여 서서 덩굴밭을 이루고 있다. 그들은 갈대로 만든 농립을 숙여 쓰고 쇠스랑을 손에 들고 백발가를 부른다.

등장(等狀)[1]가세, 등장가세.
하느님 전에 등장가면
하느님은 무슨 말씀을 하실는지.

---

1) 等狀→한 사람 이상이 연명으로 올리는 소장.

늙은이는 죽지 말고
하느님 전에 등장가세.
원수로다, 원수로다
백발이 원수로다
오는 백발 막으려고
오른손에 도끼 들고
왼손에 가위 들어
오는 백발 두드리며
가는 홍안 걸어당겨
푸른 실로 잡아매어
단단히 졸라매되
가는 홍안 절로 가고
백발은 금시에 돌아오네.
귀 밑에 주름살 잡히고
검은 머리가 백발이 되어
아침에는 푸르던 것이 저녁에는 눈처럼 희네.
무정한 것 세월이라
소년시절에 즐겁게 노세.
모든 것이 때때로 달라가니
이것이 세월 탓 아닌가.
천금짜리 준마 잡아타고
서울의 큰 거리 달리고 싶네.
만고강산 좋은 경치

다시 한번 보고 싶네
절대가인을 곁에 두고, 백 가지 아름다운 모습 보고 싶네.
꽃피는 아침, 달 돋는 저녁 사시의 아름다운 경치
눈 어둡고 귀가 먹어
볼 수도 없고 들을 수도 없네.
할 수 없는 일이로다
슬프다, 우리 벗님
어디로 가겠는가.
가을이라 단풍잎이 지듯이
선뜻선뜻 떨어지고
새벽 하늘에 별 지듯이
3355 스러지니
가는 길이 어디멘고.
어여로 가래질이야
아마도 우리 인생
일장춘몽인가 하노라.

노래가 끝났는지 그 중 한 농부가 썩 나서더니,
"담배 먹세, 담배 먹세."
하면서, 농립을 숙여 쓰고 논두렁으로 올라온다. 곱돌로 만든 담뱃대를 넌지시 들고 꽁무니를 더듬는다. 꽁무니에는 가죽쌈지가 매달려 있다.

쌈지를 빼어 들고 거기에서 담배를 꺼내서 손바닥에 놓더니, 침을 흠씬 뱉어가지고 엄지 손가락으로 비빗비빗 단단히 담는다. 화로의 불을 헤집어 놓고, 거기에 담뱃대 꼭지를 푹 찔러서 담뱃불을 붙인다.

농군이라 하는 것이 대가 몹시 빡빡하면 쥐새끼처럼 뻭뻭 소리가 나게 마련이다. 양볼은 움푹 들어가고, 콧구멍을 벌름거리면서 연기가 훌훌 나오게 피워댄다.

담배를 다 피우고 나자, 어사또는 반말로 그 농부에게 말을 건다.

"저 농부! 말 좀 물어보면 좋겠구먼!"

"무슨 말이오?"

"이 고을 춘향이가 본관 사또에게 수청을 들고, 백성들에게서 뇌물을 많이 받아 민간에 폐를 끼친단 말이 옳은지?"

이 농부는 이 말을 듣고 화를 버럭 낸다.

"자네 어디 사는가?"

"어디 살든지 그건 알아 무엇하나?"

"알아서 무얼하다니? 자네는 눈도 없고 귀도 없는가. 지금 춘향이를 수청들지 않는다고 형장 때려서 옥에 가두었으니, 화류계에 그런 열녀가 이 세상에는 드물걸세. 옥과 같은 춘향의 몸에 대해서 자네 같은 거지가 더러운 말을 감히 한단 말인가? 그러다가는 자네는 빌어먹도 못하고 굶어서 뒈질 것일세. 서울로 올라간 이도령인지 삼도령인지 그놈의 자식은 한 번 간 뒤에 소식조차 없으니, 인사가 그러하고서야 벼슬은커녕 내 좆도 못할 놈이지!"

"어! 그게 무슨 말인가?"

"왜? 자네하고 어떻게 되나?"

"되기야 어찌 되랴마는 남의 말을 너무 고약하게 하는군!"

"자네가 철모르는 말을 하니까 그렇지!"

이렇게 문답을 끝내고, 어사또는 돌아서면서 혼잣말처럼 중얼거린다.

"허허! 망신이로군! 자! 농부님네들 일하시오."

45

농부들과 작별하고 어사또는 산모퉁이를 돌아섰다.

어느 아이 하나가 저쪽에서 오는데, 그 아이는 지팡이를 끌면서 시조 사설[1]을 절반 섞어서 외운다.

오늘이 며칠이냐

천릿길 서울에 며칠 걸려 올라가랴

조자룡이 강을 뛰어넘던 청총마(青驄馬)[2]가 있었으

---

1) 辭說→잔소리 늘어놓는 말.

2) 青驄馬→驄은 말. 푸른 말.

면

오늘이라도 가련마는.

불쌍하다, 춘향이는 이도령을 생각해서
옥중에 갇혀서 목숨이 경각에 달렸구나
몹쓸 양반 이도령은 한 번 가고 소식 없으니
양반의 도리란 그런 것인가.

어사또는 그 아이의 노랫소리를 듣고, 그대로 지날 수가 없다.

"이애야! 너 어디 사느냐?"

"남원읍에 사오."

"어디를 가니?"

"서울 가오."

"무슨 일로 가니?"

"춘향의 편지 가지고 구관 사또댁에 가오."

"이애야! 그 편지 좀 보자."

"뭐요? 그 양반 참 철모르는 양반일세."

"그게 웬말이냐?"

"글쎄, 들어보시오. 남의 편지를 본다는 것도 어려운 말인데, 더구나 여자 편지를 보자고 한단 말이오?"

"이애야! 들어봐라. 옛말에, 행인임발우개봉(行人臨發又開封)이라, 행인이 길을 떠날 때 편지를 떼어본다는 말이 있지 않느냐? 좀 보면 무슨 상관이 있겠느냐?"

"그 양반 몰골 생긴 것은 흉악하구만 문자 아는 것은 제법이오그려. 얼른 보고 도로 주시오."

"그놈! 호래자식이로군!"

편지를 아이에게서 받아 떼어 읽기 시작한다.

한번 이별한 뒤로 소식이 적조하였사온데, 도련님 시봉체후 만안하시온지 멀리서 엎드려 간절히 알고 싶습니다. 천첩 춘향은 형장대에서 매맞고 옥에 갇혀 관재를 만나 죽게 되어 목숨이 경각에 있나이다. 죽을 지경에 이르러 첩의 혼이 황릉묘에 날아가서 귀문관에 출입하오니, 첩의 몸은 비록 만 번 죽사와도 정렬을 지켜 결단코 두 남편을 바꾸지 않을 것입니다. 첩의 죽고 사는 것과 늙은 어머님의 형상이 어느 지경에 이를지 모르오니 서방님께서는 깊이 생각하시어 처리하시옵소서.

이렇게 쓰고 나서 그 끝에 다시 시 한 수를 썼다.

지난해 어느 때에, 임이 첩을 이별했던가

어제 벌써 겨울철이 지나고, 이제 또 가을 바람 움직이네

미친 바람 깊은 밤에 비가 눈같이 내리니

무슨 까닭에 남원 옥중의 죄수가 되었던가.

去歲何時君別妾
昨已冬節又動秋
狂風半夜雨如雪
何爲南原獄中囚

이 글귀 뒤에 혈서로 써 있는 것이 있다.

그것은 평평한 모래밭에 내려앉은 기러기 모양으로 그저 붓을 툭툭 찍었는데, 그것은 모두가 「애고」 두 글자다.

어사또는 이것을 보고 두 눈에서 눈물이 방울방울 맺혀 떨어진다.

편지 가지고 가던 아이는 옆에 앉아서 이 꼴을 보고 묻는다.

"남의 편지 보고 왜 우시오?"

"아따 애야! 남의 편지라도 슬픈 사연을 보니 절로 눈물이 나는구나."

"여보. 공연히 인정있는 척하고 남의 편지에 눈물 흘려서 찢어지겠소. 그 편지 한 장 값이 열닷 냥이오. 편지 값 물어내려오?"

"여봐라. 이도령은 나와 죽마고우이다. 시골에 볼 일이 있어, 나와 함께 내려오다가 전라감사 계신 곳에 들렀는데 내일 남원에서 만나자고 나와 약속했다. 그러니 너는 나를 따라가 있다가 그 양반을 만나거라."

그 아이는 반색을 한다.

"아니? 서울을 저 건너 동네로 아시오?"

하고 달려들더니,

"그 편지 이리 내요."

하고 덤벼든다. 어사또의 옷자락을 잡고 한참 힐란하다가 걸핏 살펴보니 어사또는 명주로 만든 전대를 허리에 찼다. 그리고, 그 전대 속에는 제기 접시 같은 것이 들어 있다.

아이는 깜짝 놀라 뒤로 물러난다.

"이것 어디서 났소? 아주 찬바람이 나오."

"이놈! 만일 비밀을 누설했다가는 네 목숨을 보전치 못할 것이다."

46

어사또는 아이에게 당부한 뒤 작별하고 남원읍으로 들어섰다.

박석치에 올라서서 사면을 둘러본다. 산도 옛날에 보던 산들이요, 물도 옛날에 보던 물들이다.

남문 밖으로 나서면서 어사또는 입 속으로 중얼거린다.

"광한루야! 잘 있었더냐. 오작교도 그 동안 무사하냐."

「객사에 푸릇푸릇 버들빛이 새로운 것(客舍靑春柳色新)」은 나귀를 매놓고 놀던 곳, 푸른 구름에 맑은 물은 내 발을 씻던 시냇물이다.

「푸른 나무 진나라 서울로 가는 길(綠樹秦京)」처럼 넓은 길은 내가 왕래하던 옛 길이다.

오작교 밑에서 빨래하던 여인들, 그 중에는 계집아이도 섞였는데 모두들 주고받는 말이 또 어사또의 귀를 울려준다.

"애들아!"

"왜?"

"아이고 불쌍하더라, 춘향이가 불쌍하더라. 그리고, 우리 고을에 새로 온 사또가 모질기도 하더구나. 절개 높은 춘향이를 위력으로 겁탈하려 들지만, 춘향의 철석 같은 마음이 죽는 것을 두려워하겠니? 그런데 무정하기는 이도령이 무정하더라."

이런 말들을 해가면서 빨래를 하고 있다.

그들이 빨래하는 모양은 마치 옛날의 영양공주(英陽公主)[1]·남양공주·진채봉·계섬월·백릉파·적경홍·심부연·가춘운과 같다. 하지만, 양소유(楊少游)[2]가

---

1) 英陽公主→영양공주·난양공주·진채봉·계섬월·백릉파·적경홍·심부연·가춘운 이들 8명은 모두 소설 구운몽에 나오는 여주인공.

2) 楊小游→구운몽의 남주인공 성진의 후신.

없는데야 누구를 찾아서 여기 앉아 있는 건가.

어사또는 광한루 위에 올라갔다.

광한루 위에서 자세히 살펴보니 석양은 서산에 있고, 자러 가는 새는 숲을 찾아 날아든다. 저 건너에 있는 버드나무는 우리 춘향이가 그네를 매고 오락가락 놀던 모양을 어제 본 듯이 반갑다.

동쪽을 바라보니 장림 깊은 숲속 푸른 나무 사이에 춘향의 집이 보인다. 그 안에 있는 안 동산은 옛날에 내가 보던 곳이다.

그리고, 저쪽 동헌 앞 석벽이 험한 옥은 우리 춘향이가 그 속에서 울고 있는 듯, 불쌍한 생각 참을 길 없다.

해가 떨어지고 황혼이 깃들 때 어사또는 춘향의 집 앞에 이르렀다. 행랑은 무너지고 안채는 너스레가 벗어졌다. 옛날에 보던 벽오동나무는 숲속에 우뚝 섰는데, 바람을 못 이겨서 초라하기도 하다.

달 밑에 노는 백두루미는 아무 데나 함부로 다니다가 개에게 물렸는지, 깃도 빠지고 다리를 절룩이면서 뚜루룩하고 운다.

문 앞에 앉았던 누렁이는 기운없이 졸고 있다가, 옛날에 보던 손님을 몰라보고 내달으면서 컹! 컹! 짖는다.

어사또는 개를 보고 말한다.

"저 개야! 짖지 마라. 나는 주인 같은 손님이다. 네 주인은 어디 가고 네가 나와서 반기느냐?"

중문을 바라보니, 내 손으로 쓴 충성 충(忠) 자 글씨인데 충 자는 어디로 가버리고 마음 심(心) 자만 남아 있다.

제갈량의 와룡장인가, 입춘서(立春書)[3]는 동남풍에 펄렁펄렁하여 어사또의 수심을 돋워 주고 있다.

그렁저렁 안으로 들어섰다. 안마당은 몹시도 적막하다.

이때 춘향의 어머니는 춘향을 주려고 끓이는 미음솥에 불을 지피면서 한바탕 탄식을 한다.

"아이고 아이고, 내 일이 이게 웬일이냐. 모질기도 하다. 이서방이 모질기도 하구나. 목숨이 위태로운 내 딸을 아주 잊고 소식조차 끊어졌네. 향단아! 이리 와서 불 좀 넣어라."

부엌에서 나오더니 춘향 어머니는 울 안에 있는 개울 물에 가서 흰 머리를 감아 빗고, 정화수 한 동이를 단 밑에 갖다 놓고 그 앞에 엎드려 축원한다.

"천지신령과 일월성신은 한마음 한뜻으로 돌봐 주시옵소서. 오직 외딸 춘향이를 금쪽같이 길러서 외손 봉사하기를 바랐더니, 이제 죄없이 매를 맞고 옥중에 갇

---

3) 立春書→입춘날 써서 대문이나 또는 기둥에 붙이는 글.

혔는데 구해낼 길이 없습니다. 천지신령은 감동하셔서 서울에 있는 이몽룡을 높은 벼슬에 올려서 내 딸 춘향이를 살리게 하여 주시옵소서."

빌기를 마치고 향단을 부른다.

"향단아! 담배 한 대 붙여다구."

춘향 어머니는 담뱃대를 받아 물고서 후유! 하고 한숨을 쉬니 눈물이 주르르 흐른다.

47

이때 어사또는 춘향 모친의 정성을 낱낱이 지켜서서 보았다. 그는 속으로 중얼거린다.

"내가 벼슬한 것이 선조의 음덕으로 알았더니, 이제 와서 보니 장모의 덕이었구나."

어사또는 모른 체하고 안에다 대고 소리를 친다.

"안에 아무도 없느냐?"

"뉘시오?"

"낼세."

"내라니 뉘신가?"

어사또는 안으로 들어서면서 말한다.

"이서방일세."

"이서방이라니? 옳지? 이풍헌[1)]의 아들 이서방인가?"

"허허! 장모! 망령이로군! 나를 몰라?"

"자네가 누구여?"

"사위는 백년지객이라는 말이 있는데 어찌 나를 모른단 말인가?"

그제야 춘향 모친은 반색을 한다.

"아이고 아이고. 이게 웬일인가? 어디 갔다가 이제야 왔단 말인가? 바람이 세더니 바람결에 풍겨왔는가, 구름이 봉우리 위에 많이 일더니 구름에 싸여서 왔는가? 춘향의 소식을 듣고서 살리려고 왔는가, 어서어서 들어가세."

어사또의 손을 잡고 방으로 들어갔다. 그때는 이미 밖이 어두워서 춘향 모친은 어사또의 행색을 아직 볼 수가 없었다.

그러나 방으로 들어가 촛불을 켜놓고 자세히 보니 걸인 중에서도 상걸인이다.

춘향 모친은 기가 막힌다.

"이게 웬일이오?"

어사또는 시침을 떼고 거짓말을 한다.

"양반이 한 번 잘못되고 보니 꼴이 말이 아닐세. 그때 서울로 올라가서 이내 벼슬길이 끊어지고, 가산은 모두 탕진해서 아버님께서는 지금 글방 선생 노릇을 하

---

1) 李風憲→이씨 성을 가진 풍헌. 풍헌은 里나 面의 소임의 하나.

시고, 어머님은 친정으로 가셔서 식구가 저마다 헤어졌다네. 나는 춘향의 집으로 내려와서 돈냥이나 얻어 가려고 왔더니, 와 보니 두 집 꼴이 다같이 말이 아닐세그려."

춘향의 모친은 이 말을 듣고 보니 기가 더욱 막힌다.

"무정한 이 사람아! 한번 이별한 후로 소식을 끊었으니 그런 인사가 어디 있는가. 뒷 기약이나 바랐더니 일이 이렇게 잘 되었단 말인가? 쏘아버린 화살이 되었고, 이미 엎지러진 물이니, 이제와서 누구를 원망하고 누구를 탓하겠는가만 대관절 춘향이를 어찌할 셈인가?"

춘향 모친은 복받치는 화를 참지 못해서 와락 달려들어 어사또의 코를 물어 떼려고 한다.

그러나 어사또는 또 천연스럽게 말한다.

"허허! 그게 모두 내 탓이지, 코 탓인가? 장모는 나를 몰라보네. 하늘이 무심해도 바람과 비를 만들어 내고 천둥 소리 번갯불도 일구는 법이라네."

춘향 모친은 더욱 기가 막힌다.

"양반이 망하더니 간농(奸弄)까지 들었구려."

어사또는 일부러 춘향 모친의 꼴을 보려고 또 딴청을 부려본다.

"시장해서 죽겠네, 날 밥 한술만 주게."

그러나 춘향 모친은 어사또의 이 말을 듣고 내뱉듯이 쏘아붙인다.

"밥 없네."

어찌 춘향의 집에 밥이 없겠는가. 그러나, 춘향 모친은 홧김에 하는 말이다.

이때 향단이는 춘향의 미음을 가지고 옥에 갔다 오는 길이다.

밖에서 춘향 모친의 야단치는 소리를 듣고 놀란 가슴이 두근거리고 정신이 아찔하여 허둥지둥 방으로 들어갔다.

방 안을 자세히 살펴보니 이도령이 와 있는 것이 분명하다.

향단은 어찌나 반갑던지 방으로 와락 들어가서 어사또 앞에 문안을 아뢴다.

"향단이가 문안드립니다. 대감님께서는 기체 어떠하시오며, 대부인 기후도 안녕하시옵고, 서방님께서도 원로에 평안히 행차하셨습니까?"

"오냐. 나는 괜찮다만 너는 고생이 어떠하냐."

"소녀의 몸은 아무 탈도 없습니다."

말을 마치고 향단이는 춘향 모친을 보고 말한다.

"아씨! 그리 마십시오. 멀고먼 천릿길을 오셨는데 이런 괄시가 웬 말씀입니까. 춘향 아가씨가 아신다면 야단이 날 것입니다. 너무 괄시하지 마시옵소서."

향단은 냉큼 일어나서 부엌으로 들어가더니 먹던 밥에다가 풋고추와 김치에, 양념한 간장, 그리고 냉수 한

그릇 가득 떠놓고 네모 상에 받쳐 어사또께 갖다 드린다.

"더운 진지를 지으려면 시장하시겠기에 우선 요기하시라고 가져왔습니다."

어사또는 반가워하는 빛을 뵈면서 일부러 또 거짓말을 한다.

"아이구 밥아! 내 너 본 지 참 오래구나."

여러 가지 반찬을 한데다 붓더니 숫가락도 댈 것 없이 손으로 휘휘 저어 한쪽으로 몰아치고서 마치 맞바람에 게눈 감추듯[2]이 먹어 치운다.

춘향 모친은 또 기가 막혀 한 마디 한다.

"얼씨구. 밥 빌어먹기는 인제 이력이 들었구나."

48

이때 향단이는 춘향 아가씨 신세를 생각해서 크게 울지는 못하고 눈물을 흘리면서 속으로 운다.

"어찌할 것이오. 도덕 높은 우리 아가씨를 어떻게 해서 살리시렵니까. 어찌한대요? 서방님!"

소리도 내지 못하고 흐느껴 우는 양을 쳐다보던 어

---

2) 맞바람에 게눈 감추듯 : 속담. 맛바람은 남풍의 벽칭, 즉 마풍. 음식을 어느 겨를에 먹었는지 모를 만큼 빨리 먹어 버림을 말함.

사또는 기가 막히는 눈치를 한다.

"여봐라. 향단아! 울지 마라. 너의 아가씨가 설마 살겠지 죽겠느냐. 행실이 지극하면 사는 날이 있느니라."

춘향의 모친은 이 말을 듣고 또 한 번 기가 막힌다.

"아이고, 그래도 양반이라고 오기는 있어서. 대체 자네가 왜 이 모양이 되었나?"

향단이 듣고 있다가 민망한 듯이 어사또께 여쭙는다.

"서방님! 우리 아씨 말씀을 조금도 마음 걸리게 듣지 마시옵소서. 나이가 많으셔서 노망이 나신 중에 더구나 이번 일을 당해 놓으니 홧김에 하는 말씀입니다. 조금도 노여워하지 마십시오."

밖으로 나가더니 금세 더운 밥을 지어가지고 들어온다.

그러나 어사또는 밥상을 받고 생각하니 춘향 모친의 태도가 괘씸해서 분한 기운이 하늘을 찌를 것만 같다. 마음이 울적해지면서 오장이 끓어올라 참을 수가 없다.

밥을 먹을 생각이 나지 않는다.

"향단아! 이 밥상 물려라."

담뱃대를 툭툭 털면서 춘향 모친에게 말한다.

"여보 장모! 춘향이나 좀 만나봐야지?"

그 말에는 춘향 모친도 유순한 말로 대답한다.

"그러시오. 서방님이 춘향을 보지 않아서야 인정이라 할 수 있겠소?"

그러나 향단이 여쭙는다.

"지금은 옥문을 닫았으니, 오경 삼점에 바라를 치거든 가서 만나시지요."

향단이는 미음상을 머리에 이고 등롱을 들고서 앞장을 서고, 어사또는 뒤를 따라서 옥문 앞에 당도했다. 인적은 고요하고 옥쇄장도 간 곳이 없다. 이때 춘향은 꿈인지 생시인지 모르는데, 이도령이 머리에는 금관을 쓰고 몸에는 붉은 조복을 입고서 나타난다. 춘향은 어찌나 반가운지 이도령의 목을 끌어안고 많던 정회를 풀려던 참이다.

춘향의 모친이 춘향을 부른다.

"춘향아!"

그러나 춘향은 대답이 없다.

어사또는 답답하다.

"더 좀 크게 한번 불러보오."

"모르는 말씀이오. 여기서 동헌이 마주 뵈는 곳에 있는데, 만일 목소리가 크게 났다가는 사또가 무슨 일인가 염문할 것이니 잠깐 기다립시다."

"무어 어째? 염문이 무슨 염문인가. 내가 부를 테니 가만 있게. 춘향아!"

춘향은 이 소리에 깜짝 놀라 일어난다.

"허허! 이 목소리 잠결인가 꿈 속인가. 그 목소리 이상도 하다."

어사또는 기가 막힌다.

"내가 왔다고 말을 하오."

"왔단 말을 했다가는 기절초풍을 할 것이오. 거기 가만히 계시오."

춘향은 이때 자기 어머니의 하는 말소리를 듣고 깜짝 놀란다.

"어머니 어째 오셨소? 몹쓸 딸자식을 생각해서 천방지축(天方地軸)[1] 다니다가 낙상하기 쉽소. 일후에는 오실 생각은 마시오."

"내 걱정을 할 것 없다. 정신을 차려라, 왔다."

"오다니 뭐가 와요?"

"그저 왔다."

"갑갑해서 나 죽겠소. 어서 말씀하시오. 지금 꿈 속에서 임을 만나서 만단 설화를 하였었는데, 혹시 서방님한테서 기별이 왔소? 언제 오신다고 소식이라도 왔소? 벼슬길에 올라 내려오는 노문(路文)[2]이 왔소? 아이고 답답해라."

"네 서방인지 남방인지 걸인 하나 여기 왔다."

"허허! 이게 웬말이오. 서방님이 오시다니! 꿈 속에 보던 임을 생시에 본단 말이냐?"

---

1) 天方地軸→속담. 방향을 잃고 허둥지둥 분주히 지내는 것.
2) 路文→벼슬아치가 도달할 일자를 미리 앞질러 알리는 공문.

49

춘향은 옥문 틈으로 손을 내밀어 어사또의 손을 잡고 말을 하지 못한 채 숨이 막힌다.

"아이고 이게 뉘시오. 암만해도 꿈이로구나. 서로 생각만 하고 보지 못하여 그리워하던 임을 이렇게 쉽게 만날 수가 있단 말인가. 나는 이제 죽어도 한이 없겠네. 그러나, 서방님은 어찌 그리도 무정하시오. 박명한 우리 모녀는 서방님을 이별한 이후로 자나깨나 임이 그리워서 날도 더하고 달도 더해지더니 이제 내 신세가 이 지경이 되어 매에 감겨 죽게 되었으니 날 살리려고 오셨나요!"

이렇게 어사또를 붙들고 한참 반기다가 춘향은 어사또의 모양을 자세히 훑어본다. 그 꼴이 어찌 한심하지 않으랴.

"여보시오. 서방님! 내 몸 하나 죽는 것은 하나도 슬플 것이 없지만, 서방님이 이 지경이 되시다니 이게 웬 일이오?"

그러나 어사또는 태연한 척 대꾸한다.

"오냐. 춘향아! 슬퍼하지 마라. 사람의 목숨은 하늘에 있는 것인데, 설마한들 죽을 리야 있겠느냐."

춘향은 지기 모친을 돌아보고 말한다.

"서울에 계신 서방님을 7년 가뭄에 목마른 백성들이

비를 기다리듯이 기다렸더니 이게 웬일이오. 심어 놓은 나무가 꺾어진 것과 같고, 공들여 세운 탑이 무너졌구려. 가련도 해라. 이 내 신세는 할 수 없이 되어버렸구나. 어머님! 내가 죽은 후라도 원이나 없게 해 주시오. 내가 입던 비단 장옷이 장롱 안에 들어 있으니, 그 옷을 내다 팔아서 한산 세모시를 바꾸어다가 물색 곱게 도포를 지어 드리시오. 백방사주로 만든 치마를 되는대로 팔아다가 관과 망건과 신을 사드리시오. 그리고 은비녀와 밀화 장도, 옥가락지가 함 속에 들어 있으니, 그것도 팔아다가 한삼(汗衫)[1] 속곳을 모양있게 지어 드리시오. 오늘 내일 사이에 죽을 년이 세간은 두어 무얼하겠소. 용장·봉장 빼다지를 되는대로 팔아다가 맛있는 찬거리를 장만하여 진지 대접하시오. 내가 죽은 뒤에라도 내가 없다고 달리 생각 마시고 내가 있을 때와 같이 섬기시오."

이번에는 어사또에게로 눈을 돌린다.

"서방님! 내 말씀 들으시오. 내일이 본관 사또의 생일이오. 술 취한 중에 주망(酒妄)이 나면 나를 내다가 또 때릴 것이오. 형틀에서 맞은 다리가 장독이 났으니 손과 발인들 놀릴 수가 있겠소? 산만하게 흩어진 머리채를 아무렇게나 걷어 얹고서 이리 비틀 저리 비틀 들

1) 汗衫→웃도리에 걸쳐 입는 경삼.

어가서 매맞아 죽거든 서방님은 삯군인 척하고 달려들어서 나를 업고, 우리 둘이 만나서 놀던 부용당 쓸쓸하고 고요한 곳에 뉘어 놓고서 서방님이 손수 염습(斂襲)을 해주시오. 그리고 내 죽은 넋을 위로하여 입혔던 옷을 벗기지 말고 양지 바른 곳에 묻어 주시오. 그랬다가 이 다음에 서방님께서 귀하게 되셔서 높은 벼슬에 오르시거든 한시도 지체치 마시고 함경도에서 나는 상포로 염을 새로 해서 조촐한 상여 위에 덩그렇게 싣고서 북망산을 찾아가시오. 그럴 때 앞뒤에 있는 남산은 다 버리고 서울로 올려다가 선산발치에 묻어 주시오. 그리고 비문에 새기기를, 「수절원사춘향지묘(守節寃死春香之墓)[2]」라고 여덟 자만 새겨 주시오. 몸이 망부석[3]이나 되지 않을까. 저 서산에 지는 해는 내일도 다시 떠오르련만 이 불쌍한 춘향이는 한번 가면 언제 다시 온단 말이오. 부디 신원[4]이나 해주시오. 아이고 아이고, 내 신세야. 불쌍한 우리 어머니는 나를 잃고 가산도 탕진하고 보면, 할 수 없이 걸인이 되어, 이 집 저 집으로 걸식하고 다니다가 언덕 밑에서 앉아 졸다가 죽게 될

---

2) 守節寃死……→수절하다가 원통하게 죽은 춘향의 무덤이란 뜻.

3) 望夫石→貞女의 화석. 옛날에 정녀가 있었는데 그 남편이 전장에 나가게 되었다. 정녀는 아들의 손을 잡고 남편을 전송하다가 그 자리에 선 채 죽었는데 이것이 화해서 돌이 되었다 한다.

4) 伸寃→원통한 사정을 풀어버리는 것.

것이 아니겠나. 그렇게 되면 지리산의 까마귀가 날아와서 까욱까욱 하고 두 눈을 파먹어도 어느 자식이 있어 그 까마귀나마 쫓아줄 것인가."

이렇게 섧게 우는데 어사또는 속이 있어 춘향을 위로한다.

"울지 마라. 하늘이 무너진대도 솟아날 구멍은 있는 법이다. 네가 나를 어떻게 알고 이렇게 섧게 우느냐."

50

어사또는 옥에서 춘향과 작별하고 춘향의 집으로 돌아왔다.

춘향이는 어두운 삼경 밤에 서방님을 잠깐 만나보고 나서 옥방에 혼자 앉았다. 또다시 탄식이 나온다.

"하나님은 사람을 낼 때 후하고 박한 것이 없건만, 내 신세는 무슨 죄로 이팔청춘에 임을 보내고 모진 목숨이 살아 있어 이런 형벌을 받고 있느냐. 옥중에서 3, 4삭을 고생하는 동안 밤낮없이 임 오시기만 기다렸더니, 이제는 임의 얼굴을 뵈었으되 광채없게 되었구나. 내가 죽어서 황천에 돌아가면 무슨 말로 서방님 자랑을 하랴."

이렇게 섧게 울다가 기운이 자지러져 거의 죽게 되었다.

한편 어사또는 춘향의 집에서 나와, 그날밤을 샐 작정으로 문 안, 문 밖을 모두 돌면서 염탐을 하고 있었다.

어사또가 질청(秩廳)[1]에 가서 엿들어 본다. 이때 이방이 승발(承發)[2]을 불러 말한다.

"여보게. 들으니 이번에 어사또가 새문 밖 이씨라고 하던가. 아까 삼경쯤 되어서 등롱불을 켜들고 춘향 어미를 앞세우고, 다 떨어진 옷에 찌그러진 갓을 쓴 손이 춘향을 찾아갔다는데 아무래도 그 사람이 수상하단 말이야. 내일 본관 사또 생신 잔치 끝에 기물들을 일일이 구별해서 아무 탈도 나지 않도록 조심하게."

어사가 이 말을 듣고 속으로 중얼거린다.

"그놈들. 알기는 제법 아는구나."

어사또는 그곳을 떠나 이번에는 장청(將廳)으로 가서 동정을 엿보기로 했다. 장청에서는 행수 군관이 여러 군관들에게 말한다.

"여러 군관들! 아까 옥 근처에 서성거리던 걸인이 수상하단 말이야. 아무래도 그 사람이 분명 어사인 듯하니 용모파기[3]를 내놓고 자세히 보도록 하게."

어사또는 또 이 말을 엿듣고 중얼거린다.

---

1) 秩廳→군아에서 아전이 일을 맡아보는 곳.
2) 承發→지방 관아의 서리 밑에서 잡무를 맡은 사람.
3) 容貌疤記→사람을 찾기 위하여 그 사람의 용모의 특점을 기록한 것.

"그놈들. 알기는 귀신같이 아는군!"

이번에는 현사(縣司)로 가서 엿들어 봤다. 호장의 말도 역시 일반이다.

어사또는 육방의 동정을 다 살핀 뒤에 다시 춘향의 집으로 돌아와서 그 밤을 앉아 새웠다.

이튿날이 되었다.

이날은 신관 사또의 생일날이다. 아침 조수(照數)[4]가 끝난 뒤에 가까운 고을의 수령들이 모두 모여들기 시작한다.

운봉 영장을 비롯하여 구례·곡성·순창·옥과·진안·장수 등 고을의 원들이 차례로 모여든다.

왼쪽에는 행수군관, 오른쪽에는 청령사령, 한가운데 있는 본관 사또는 주인이 되어 앉아 있다.

주인이 하인들을 불러 분부한다.

"관청색[5] 불러서 다과를 올려라. 육고자[6] 불러서 큰 소를 잡고, 예방 불러서 악공(樂工)을 대령시켜라. 그리고 승발을 불러 차일을 대령하도록 해라. 또, 사령을 불러서 잡인이 못 들어오도록 금해라."

이렇게 신관 사또는 요란스럽게 여러 가지 분부를

---

4) 照數→숫자를 조사하는 일.
5) 官廳色→수령의 음식을 맡은 아전.
6) 肉庫子→지방 관아에 쇠고기를 바치던 官奴.

내린다.

깃발과 군기라든지, 육각 풍류는 하늘에 떠 있다. 푸른 저고리 붉은 치마를 입은 기생들은 흰 나삼 소매를 쳐들고 춤을 추면서,

"지화자 두덩실."

하고 소리를 외친다.

이때 어사또는 몹시도 초라한 차림으로 뜰 밑으로 다가선다.

"여봐라. 사령들아! 너의 원님께 여쭈어라. 먼 곳에 있는 걸인이 좋은 잔치에 왔으니 술과 안주 좀 얻어 먹자고 여쭈어라."

그러나 사령들은 이를 받아들일 리가 없다.

"어느 양반이 이러시오. 우리 사또께서는 걸인을 일체 못 들어오게 금하시니 그런 말은 내지도 마오."

이렇게 말하고 어사또의 등을 밀어서 내친다.

운봉 영장이 이 모양을 보고 본관에게 청한다.

"저 걸인이 의관은 비록 남루하지만 거동으로 보아 양반집 자식인 듯싶으니 말석에 앉히고 술 잔이나 먹여 보내는 것이 어떠하겠소?"

본관은 마음에 싫지만, 운봉 영장의 체면을 보아 억지로 대답한다.

"운봉의 말대로 하기는 하오마는……."

이 「마는……」이라는 끝마디가 몹시 입맛에 쓰다. 이

문답을 들은 어사또는 속으로 중얼거린다.

"오냐. 도둑질은 내가 할테니 오라[7]는 네가 져라."

운봉은 그만큼이나 승낙을 받았으므로 사령을 불러 분부한다.

"얘! 저 양반 이리로 오시라 해라."

51

어사또는 좌석으로 안내되어 올라 앉게 되었다. 자리에 단정히 앉아서 좌우를 살펴본다.

당 위에 있는 여러 수령들은 다과상을 상 옆에 곁들여 놓고, 기생들의 진양조 가락을 푸짐하게 듣고 있다. 그러나 어사또의 상을 들여다보니 한심하다. 다 떨어진 개다리 소반에 나무로 만든 젓가락이 놓여 있고, 콩나물·깍두기에 막걸리 한 사발이 있을 뿐이다.

상을 발길로 탁 차 던지면서 운봉의 옆 갈비를 꼬집는다.

"거 갈비 한 대 먹고 싶소."

"다과도 잡수시오."

운봉은 이렇게 대답하고 나서 좌중에 한 마디 제안한다.

---

7) 오라→도둑, 또는 중죄인을 묶는 데 쓰는 붉은 포승.

"이런 좋은 잔치에 풍류만으로 노는 것은 맛이 적으니 남의 운을 따서 시 한 수씩 지어 보는 것이 어떻겠소?"

좌중은 일제히 찬성한다.

"거 참 좋은 말이오."

이리하여 운봉이 운자를 내게 되었다. 운자는 높을 고(高) 기름 고(膏) 자였다. 이렇게 운을 내고 차례대로 글을 지어 읊자는 것이다.

어사또가 한 마디 한다.

"이 걸인도 어려서 추구권(抽句卷)[1] 좀 읽어본 일이 있었는데 이런 좋은 잔치를 당해서 술과 안주를 배불리 먹고 그대로 가기가 염치 없으니 시 한 수 짓겠소."

운봉이 이 말을 반갑게 듣고 붓과 벼루를 내어준다.

좌중 사람들은 아직 글을 다 못 지었건만 어사또는 벼루를 당겨 놓고 자기가 생각한 글을 쓰기 시작한다.

그러나 어사또는 백성들이 당하고 있는 정경과 본관사또의 행패를 생각하고 지은 글이었다.

술동이의 아름다운 술은 만 백성의 피요
옥소반의 맛좋은 안주는 만 백성의 기름일세.
촛불의 눈물이 떨어질 때 백성의 눈물이 떨어지고

---

1) 抽句卷→좋은 글귀를 추려서 쓴 책.

노랫소리 높은 곳에 원망 소리 높았네.

金樽美酒千人血

玉盤佳肴萬姓膏

燭淚落時民淚落

歌聲高處怨聲高

이렇게 글을 지었건만 본관은 그것도 몰라보고 술만 마시고 있다. 운봉이 글을 보더니 무엇인가 짐작되는 것이 있다.

"아뿔사. 일이 났구나."

이때 어사또는 이미 자리에서 떠난 뒤었다.

운봉은 자리에서 일어섰다. 급히 공방을 불러 포진(鋪陳)[2]을 단속시키고, 병방을 불러 역마를 단속시킨다. 관청색을 불러서 다담을 단속시키고, 옥의 형리를 불러서 죄인을 단속시키고, 집사를 불러서 형구를 단속시킨다. 다시 형방을 불러서 모든 문부를 단속시키고, 사령을 불러 일직을 단속시킨다.

이렇게 한참 분주히 돌아다니는데 아무것도 모르는 철없는 본관 사또는 주책을 부린다.

"여보! 운봉은 어디를 다니느라고 그렇게 분주하시오."

---

2) 鋪陳→바닥에 까는 방석, 돗자리 같은 것.

"소피를 보고 오는 길이오."

그러나 이때 본관 사또는 분부를 내린다.

"춘향을 급히 잡아오너라."

주광이 나기 시작한 것이다.

이때 어사또는 출두를 준비하기에 한참 바쁘다. 서리를 보고 눈짓을 하자, 서리와 중방은 역졸을 보고 단속하고 나서, 이쪽으로 가면서도 수군수군, 저쪽으로 가면서도 수군수군한다.

서리와 역졸들을 외날로 뜬 망건을 공단 싸개를 해서 쓰고, 그 위에 새로 만든 평량자를 눌러썼다. 석 자 되는 감발에 새 짚신에 한삼과 고의를 산뜻하게 새로 갈아 입었다.

그들은 녹피끈을 단 육모 방망이를 손에 걸어 쥐고 여기서 번뜩, 저기서 번뜩하니 남원읍이 와글와글 들끓는 듯싶다.

이때 청파 역졸이 달처럼 생긴 마패를 햇빛에 번뜩 들어뵈더니 소리를 높이 지른다.

"암행어사 출두야!"

이 외치는 소리가 어찌도 장엄한지 강산이 무너지고, 천지가 뒤집히고, 초목·금수도 떠는 듯하다.

남원 고을 남문에서도,

"출두야!"

하는 소리가 나는가 하면 서문에서도,

"출두야!"

하고 고함이 터진다.

동문·서문에서 출두야! 하고 외치는 소리에 푸른 하늘이 진동한다.

계속하여,

"공형 들어라!"

하는 소리에 육방들은 넋을 잃고,

"예! 공형이오."

하고 뛰어 들어온다. 역졸이 공형의 등을 채찍으로 갈긴다.

"아이구! 나 죽는다."

공형의 엄살이 말이 아니다.

계속하여 공방을 부른다.

"공방!"

그러나 공방은 보진을 들고 들어오면서 넋두리를 한다.

"하기 싫다는 공방을 하라고 하더니 이 일을 어떻게 한담!"

역졸은 또 한 번 채찍으로 공방의 등을 후려친다.

"아이구 등 터졌네."

소리치면서 공방이 쩔쩔 맨다.

좌수[3)]·별감[4)]들은 모두 넋을 잃었다. 이방·호장도 혼이 빠졌고, 삼색 옷을 입은 나졸들만 분주히 돌아다닌다.

잔치에 모였던 여러 수령들은 모두 도망을 한다. 인궤를 잃고 그대신 과실 상자를 든 사람도 있다. 병부[5]를 잃어버리고 송편을 들고 도망치는 자도 보인다.

그것뿐인가? 자기가 썼던 탕건을 떨어뜨리고, 그 대신 용수를 잘못 뒤집어 쓴 자도 있고, 갓을 벗어 놓았다가 엉겁결에 소반을 들고서 도망친다. 더 기막힌 것은 칼집을 쥐고서 오줌 누는 시늉을 하는 자까지도 있다.

풍류에 쓰던 거문고는 다 부서지고 북과 장고도 다 깨진다. 본관 사또는 겁결에 똥을 싸고 마치 멍석 구멍에 숨어 있는 생쥐와 같은 눈을 뜨고 내아(內衙)로 들어간다.

"어! 춥다. 문 들어온다. 바람 닫아라. 물 마른다. 목 가져 오너라.

이렇게 말을 거꾸로 지껄이고 있다. 관청색은 상을 잃고 문짝을 이고 나온다.

이것을 보고 서리와 역졸들은 달려들어 방망이로 후려 갈긴다.

"아이고. 나 죽는다."

---

3) 座首→향소의 누복.
4) 別監→좌수의 다음 자리.
5) 兵符→動兵의 부신.

52

어사또가 분부를 내린다.

"이 고을은 구관 사또 대감께서 계시던 곳이다. 떠들고 지껄이는 것을 일체 금하고 객사에 숙소를 정하도록 해라."

이렇게 말하고 어사또는 자리를 정하고 앉더니 다시 분부를 내린다.

"본관은 봉고파직(封庫罷職)[1] 시켜라!"

4대문에 방을 붙여 본관의 봉고파직을 발표하고 나서 어사또는 다시 옥의 형리를 불러 분부한다.

"네 고을의 옥에 갇힌 죄수를 모두 데려오너라."

죄인들을 모두 데려내오자, 어사또는 이를 일일이 문죄한 뒤에 죄없는 억울한 사람들은 모두 석방해 준다.

그런데 여자 하나가 아직도 남아 있었다.

어사또는 형리에게 묻는다.

"저 계집은 무어냐?"

형리가 여쭙는다.

"그 계집은 기생 월매의 딸이온데 관청에 포악을 부린 죄로 옥중에 가두어 두었던 죄수이옵니다."

"관청에 포악이라니 그게 무슨 까닭이 있을 게 아니

---

1) 封庫罷職→어사나 감사가 惡政을 행한 수령을 파직시키고 관고를 봉쇄하던 일.

냐?"

형리가 다시 여쭙는다.

"본관 사또께서 수청들라고 불렀는데 정절을 지킨다 하여 수청을 마다하고 사또 앞에 포악을 부린 춘향입니다."

어사또는 시침을 떼고 춘향에게 말한다.

"네까짓년이 수절한다고 관청에 포악을 부렸으면 살기를 바라겠느냐. 죽어야 마땅할 것이다. 그러나 내 수청도 거역할 테냐?"

춘향은 기가 막힌다.

"이 고을에 내려오는 관장마다 하나같이 명관이로구려. 어사또 들어보시오. 층암절벽에 서 있는 높다란 바위가 바람이 분다고 무너지리이까. 또 푸른 소나무와 푸른 대나무가 눈이 내린다고 빛이 변할 리 있겠습니까? 그런 분부는 내리지 마시고 어서 바삐 죽여 주십시오."

말을 끊고 향단을 부른다.

"향단아! 서방님 어디 계신가 찾아보아라. 어젯밤 옥문간에 오셨을 적에 신신당부를 드렸는데 어디를 가셨느냐. 나 죽는 줄도 모르시나보다."

어사또는 더 참을 수가 없었던지 비로소 본색을 밝힌다.

"네 얼굴을 들어서 나를 봐라."

춘향은 고개를 들어 대 위에 앉아 있는 어사또를 살펴본다.

그러나, 이게 웬일인가? 어젯밤에 걸인으로 왔던 낭군이 어사또로 뚜렷이 앉아 있는 것이 아닌가?

춘향은 반은 웃음이요, 반은 울음 섞인 목소리로 자기도 모르게 소리를 지른다.

얼씨구 좋을씨구.
어사또 낭군 좋을씨구.
남원읍내에 가을철 들어
떨어질 줄 알았더니
객사에 봄이 들어
이화춘풍(梨花春風)[2]이 나를 살리네.
이게 꿈이냐, 생시냐.
꿈을 깰까 염려되네.

춘향은 미친 듯이 소리치고 있었다.

한편 춘향의 모친은 춘향의 이런 모습을 보고 달려들어 함께 즐겨하는 모습은 말로 다할 수가 없다.

춘향의 그렇듯 높은 절개가 비로소 빛나게 된 것이다. 이 어찌 좋은 일이 아니랴.

---

2) 李花春風→오얏꽃이 봄바람에 피어나서란 뜻인데 이몽룡의 姓이 李이므로 梨花에 비겨서 한 말.

어사또는 남원 고을의 공사(公事)를 깨끗이 정리한 뒤에 춘향의 모녀와 향단이를 데리고 간다. 그 위엄이 어찌나 찬란한지 보는 사람들은 모두 부러워한다.

춘향이 남원을 하직하게 되니 몸은 비록 영화롭고 귀하게 되었지만, 고향을 이별하는 마음은 기쁜 반면에 슬픈 마음이 없을 수 없다.

노래 한 구절을 지어 작별인사를 한다.

내가 놀고 잠자던 저 부용당아!
너는 부디 잘 있거라.
광한루, 오작교와
영주각도 잘 있거라
봄 풀은 해마다 푸르건만
한번 간 임은 다시 돌아오지 않는다더니[3)]
이 글은 날두고 한 말일세.
모두 다 지금 이별하게 되었으니
만수무강하옵소서.
다시 보기는 아득하네.

어사또는 전라좌도와 우도를 두루 순회하여 민정을 살펴보고 나서 서울로 올라와 임금께 뵈었다.

---

3) 春草年年綠→왕유의 山中道別詩에, 春草年年綠 王孫歸不歸란 구절이 있다.

이때 삼당상관(三堂上官)[4]이 입시하여 문부를 열람해 본다. 임금은 당상관들의 보고를 받고 크게 칭찬하여 즉시 이조참의에 대사성(大司成) 벼슬을 제수했다. 그리고 또 춘향으로 정렬부인(貞烈夫人)을 봉하는 것이었다.

이몽룡은 사은하고 물러나와 부모께 가 뵙고 모두 성은을 감격해했다.

그 뒤로 이몽룡은 이조판서 · 호조판서 · 우의정 · 좌의정 · 영의정을 다 지내고 나서 벼슬에서 물러난 뒤에 정렬부인과 백 년을 함께 즐기면서 살았다.

정렬부인에게서 세 아들과 딸 둘을 낳았는데 그들도 모두가 총명해서 오히려 그 아버지보다 높은 벼슬에 올랐다.

이렇게 대대로 계속해서 정일품 지위를 계승하면서 만세를 살아 나갔다.

---

4) 三堂上官→육조의 판서 · 참판 · 참의를 말함.

옮긴이 약력

독립운동사 편찬위원회 집필위원 역임

저 서
〈윤봉길의사 약전〉
〈아계선생 약전〉

역 서
〈삼국유사〉·〈양반전〉·〈당의통략〉·〈연암선집〉
〈공자가어〉·〈명심보감〉·〈징비록〉·〈해동해언〉
〈목은선생집〉·〈사명대사집〉·〈순오지〉·〈천자문〉
〈부모은중경〉·〈목연경〉·〈격몽요결〉·〈효경〉
〈신역맹자〉(상하권) 외 다수

춘향전 〈서문문고 116〉

개정판 인쇄 / 2000년 6월 10일
개정판 발행 / 2000년 6월 15일
옮긴이 / 이 민 수
펴낸이 / 최 석 로
펴낸곳 / 서 문 당
주 소 / 서울시 마포구 성산동 103-7호
전 화 / 322-4916~8 팩스 / 322-9154
등록일자 / 1973. 10. 10
등록번호 / 제13-16

초판 발행 / 1974년 5월 5일 * 잘못된 책은 바꾸어 드립니다

서문문고 목록

001~303
◆ 번호 1의 단위는 국학
◆ 번호 홀수는 명저
◆ 번호 짝수는 문학

001 한국회화소사 / 이동주
002 황야의 늑대 / 헤세
003 고독한 산책자의 몽상 / 루소
004 멋진 신세계 / 헉슬리
005 20세기의 의미 / 보울딩
006 가난한 사람들 / 도스토예프스키
007 실존철학이란 무엇인가/ 볼노브
008 주홍글씨 / 호돈
009 영문학사 / 에반스
010 쯔바이크 단편집 / 쯔바이크
011 한국 사상사 / 박종홍
012 플로베르 단편집 / 플로베르
013 엘리어트 문학론 / 엘리어트
014 모옴 단편집 / 서머셋 모옴
015 몽테뉴수상록 / 몽테뉴
016 헤밍웨이 단편집 / E. 헤밍웨이
017 나의 세계관 /아인스타인
018 춘희 / 뒤마피스
019 불교의 진리 / 버트
020 뷔뷔 드 몽빠르나스 /루이 필립
021 한국의 신화 / 이어령
022 몰리에르 희곡집 / 몰리에르
023 새로운 사회 / 카아
024 체호프 단편집 / 체호프
025 서구의 정신 / 시그프리드
026 대학 시절 / 슈토롬
027 태초에 행동이 있었다 / 모로아
028 젊은 미망인 / 쉬니츨러
029 미국 문학사 / 스필러
030 타이스 / 아나톨프랑스
031 한국의 민담 / 임동권
032 모파상 단편집 / 모파상
033 은자의 황혼 / 페스탈로치
034 토마스만 단편집 / 토마스만
035 독서술 / 에밀파게
036 보물섬 / 스티븐슨
037 일본제국 흥망사 / 라이샤워
038 카프카 단편집 / 카프카
039 이십세기 철학 / 화이트
040 지성과 사랑 / 헤세
041 한국 장신구사 / 황호근
042 영혼의 푸른 상흔 / 사강
043 러셀과의 대화 / 러셀
044 사랑의 풍토 / 모로아
045 문학의 이해 / 이상섭
046 스탕달 단편집 / 스탕달
047 그리스, 로마신화 / 벌핀치
048 육체의 악마 / 라디게
049 베이컨 수상록 / 베이컨
050 마농레스코 / 아베프레보
051 한국 속담집 / 한국민속학회
052 정의의 사람들 / A. 까뮈
053 프랭클린 자서전 / 프랭클린
054 투르게네프 단편집
/ 투르게네프
055 삼국지 (1) / 김광주 역
056 삼국지 (2) / 김광주 역
057 삼국지 (3) / 김광주 역
058 삼국지 (4) / 김광주 역
059 삼국지 (5) / 김광주 역
060 삼국지 (6) / 김광주 역
061 한국 세시풍속 / 임동권
062 노천명 시집 / 노천명
063 인간의 이모저모/라 브뤼에르
064 소월 시집 / 김정식
065 서유기 (1) / 우현민 역
066 서유기 (2) / 우현민 역
067 서유기 (3) / 우현민 역
068 서유기 (4) / 우현민 역
069 서유기 (5) / 우현민 역
070 서유기 (6) / 우현민 역
071 한국 고대사회와 그 문화 /이병도
072 피서지에서 생긴일 /슬론 윌슨
073 마하트마 간디전 / 로망롤랑
074 투명인간 / 웰즈
075 수호지 (1) / 김광주 역

서문문고목록 2

076 수호지 (2) / 김광주 역
077 수호지 (3) / 김광주 역
078 수호지 (4) / 김광주 역
079 수호지 (5) / 김광주 역
080 수호지 (6) / 김광주 역
081 근대 한국 경제사 / 최호진
082 사랑은 죽음보다 / 모파상
083 퇴계의 생애와 학문 / 이상은
084 사랑의 승리 / 모옴
085 백범일지 / 김구
086 결혼의 생태 / 펄벅
087 서양 고사 일화 / 홍윤기
088 대위의 딸 / 푸시킨
089 독일사 (상) / 텐브록
090 독일사 (하) / 텐브록
091 한국의 수수께끼 / 최상수
092 결혼의 행복 / 톨스토이
093 율곡의 생애와 사상 / 이병도
094 나심 / 보들레르
095 에머슨 수상록 / 에머슨
096 소아나의 이단자 / 하우프트만
097 숲속의 생활 / 소로우
098 마을의 로미오와 줄리엣 / 켈러
099 참회록 / 톨스토이
100 한국 판소리 전집 /신재효, 강한영
101 한국의 사상 / 최창규
102 결산 / 하인리히 빌
103 대학의 이념 / 야스퍼스
104 무덤없는 주검 / 사르트르
105 손자 병법 / 우현민 역주
106 바이런 시집 / 바이런
107 종교론, 국민교육론 / 톨스토이
108 더러운 손 / 사르트르
109 신역 맹자 (상) / 이민수 역주
110 신역 맹자 (하) / 이민수 역주
111 한국 기술 교육사 / 이원호
112 가시 돋힌 백합/ 어스킨콜드웰
113 나의 연극 교실 / 김경옥
114 목녀의 로맨스 / 하디
115 세계발행금지도서100선 / 안춘근
116 춘향전 / 이민수 역주
117 형이상학이란 무엇인가 / 하이데거
118 어머니의 비밀 / 모파상
119 프랑스 문학의 이해 / 송면
120 사랑의 핵심 / 그린
121 한국 근대문학 사상 / 김윤식
122 어느 여인의 경우 / 콜드웰
123 현대문학의 지표 외/ 사르트르
124 무서운 아이들 / 장콕토
125 대학·중용 / 권태익
126 사씨 남정기 / 김만중
127 행복은 지금도 가능한가 / B. 러셀
128 검찰관 / 고골리
129 현대 중국 문학사 / 윤영춘
130 펄벅 단편 10선 / 펄벅
131 한국 화폐 소사 / 최호진
132 사형수 최후의 날 / 위고
133 사르트르 평전/ 프랑시스 장송
134 독일인의 사랑 / 막스 뮐러
135 사서삼경 입문 / 이민수
136 로미오와 줄리엣 /셰익스피어
137 햄릿 / 셰익스피어
138 오델로 / 셰익스피어
139 리어왕 / 셰익스피어
140 맥베스 / 셰익스피어
141 한국 고시조 500선/ 강한영 편
142 오색의 베일 / 서머셋 모옴
143 인간 소송 / P.H. 시몽
144 불의 강 외 1편 / 모리악
145 논어 /남만성 역주
146 한여름밤의 꿈 / 셰익스피어
147 베니스의 상인 / 셰익스피어
148 태풍 / 셰익스피어
149 말괄량이 길들이기/셰익스피어
150 뜻대로 하서요 / 셰익스피어
151 한국의 기후와 식생 / 차종환
152 공원묘지 / 이블린
153 중국 회화 소사 / 허영환
154 데미안 / 해세